歷史與現場 73

我的姊姊張愛玲

張子靜／著

ISBN 957-13-1921-X

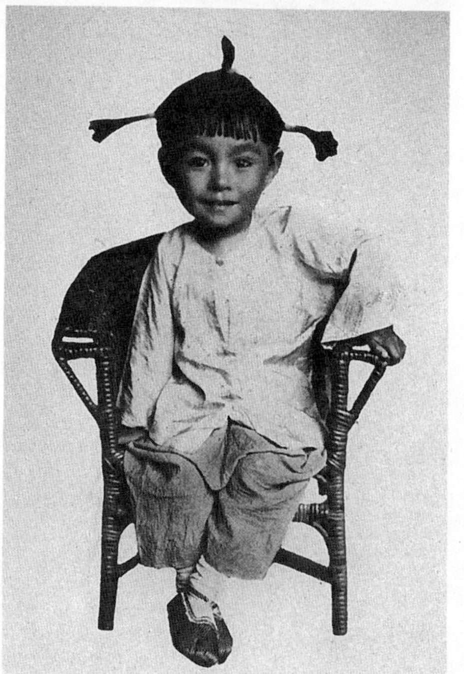

▲ 40 年代的上海外灘，呈現著亞洲第一大都會的雄偉氣勢。(雷驤提供)

◀童年時代的張子靜。(取材自皇冠出版公司《對照記》)

▶張愛玲與張子靜的母親黃逸梵，是舊社會的新女性。（取材自皇冠出版公司《對照記》）

▶就讀聖瑪利亞女校高三時的張愛玲，已經流露孤傲不凡的氣質。（雷驤提供）

▲ 1941 年 12 月 8 日，日軍進入公共租界，上海徹底淪陷。「孤島時期」的上海，「爲張愛玲提供了大顯身手的舞台」。

▲四〇年代的上海電車，是張愛玲小說〈封鎖〉的背景（雷驤提供）

▶張愛玲成名後所繪的自畫像。

◀上海漫畫家文亭所繪「奇裝炫人的張愛玲」。

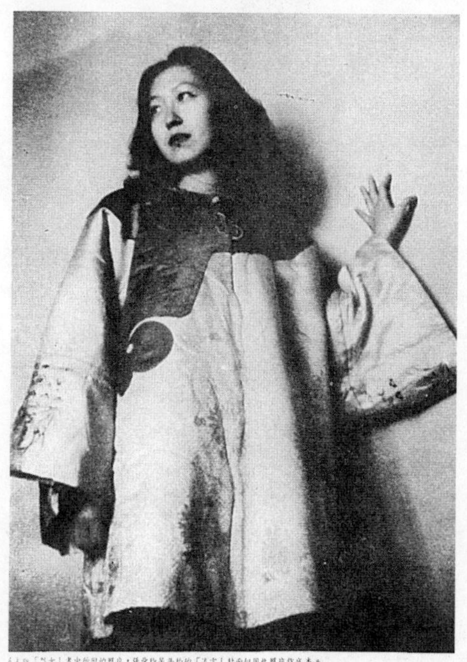

文版「怨女」書中所附的照片，張愛玲早年拍的「流言」封面似用此照片作底本。

◀張愛玲穿著她舅舅送她的清裝。後來刊登在英文版《怨女》書中。（童世璋攝）

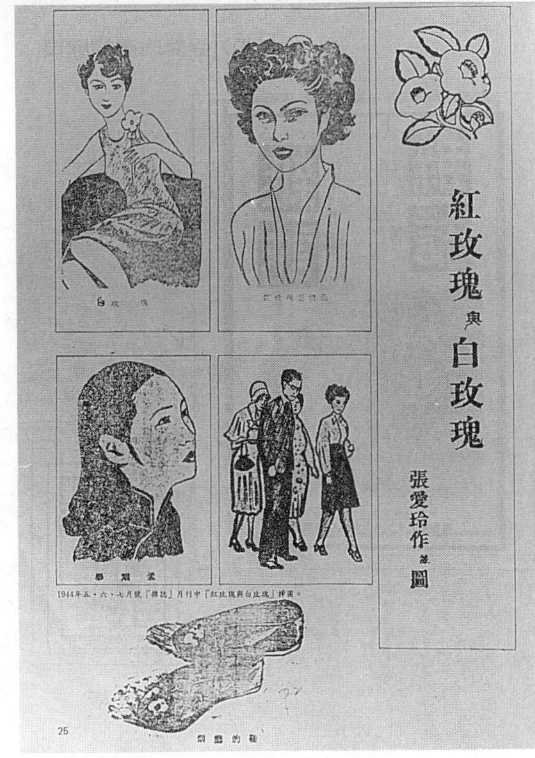

1944年五、六、七月號「雜誌」月刊中「紅玫瑰與白玫瑰」插圖。

▲張愛玲遺傳了她母親的
▶藝術天份，發表的作品大多親繪插圖。

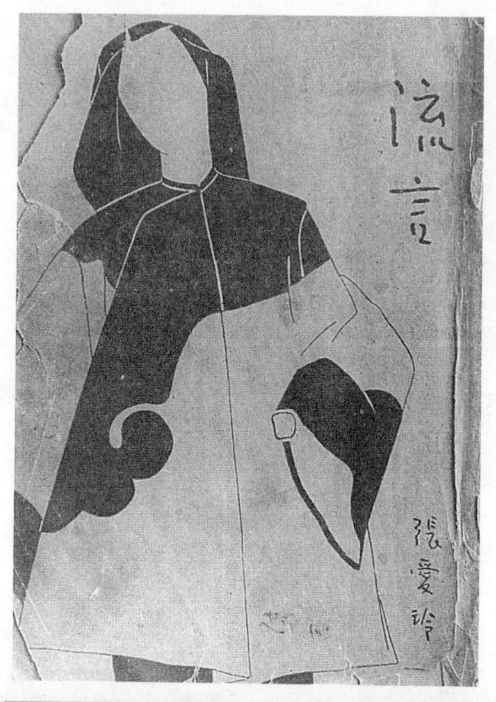

◀張愛玲親自設計繪圖的《流言》封面。

▼1942年夏天－1947年夏天張愛玲與她姑姑所住的愛丁頓公寓，解放後改名常德公寓，目前仍矗立上海常德路。張愛玲在這幢公寓的6樓65室完成了一生中最受矚目的作品，也在這裡和胡蘭成戀愛及秘密結婚。(柴俊爲攝)

▶ 1945 年 8 月 日本投降，上海市民熱情喧騰。但張愛玲與「漢奸」胡蘭成的交往，不久後也受到上海小報的攻訐。

▶ 1945 年抗戰勝利後，胡蘭成在江浙一帶化名逃亡，生活費用都由張愛玲負擔。這是他晚年定居日本的留影。（朱西寧提供）

◀上海小報謠傳張愛玲離開胡蘭成後曾與《不了情》、《太太萬歲》的電影導演桑弧有男女之情。但他們的老朋友龔之方鄭重否認。

▲張愛玲親編的舞台劇《傾城之戀》，1944年在上海蘭心大戲院排練。這是1995年的外觀。(柴俊為攝)

▶ 1944年12月－1945年1月上演《傾城之戀》的卡爾登劇場，解放後改名長江劇場。1994年已被拆毀，留下一片廢墟。這是1995年所攝的舊址及外觀（柴俊爲攝）

◀ 1948－1952 年 7 月張愛玲離開大陸之前所住的卡爾登公寓，解放後改名長江公寓，在今黃河路上。張愛玲在這幢公寓的 301 室完成了她的第一部長篇小說《十八春》(後改名《半生緣》)。(柴俊爲攝)

◀現年 86 歲的龔之方，1949 年底至 1952 年底曾任上海《亦報》社長。張愛玲的《十八春》在《亦報》連載，就是龔之方與唐大郎前去約稿。(季季攝)

◀前中共文化部副部長夏衍，解放後負責上海的文化工作。他想請張愛玲進入上海電影劇本創作所編劇，但遭到內部阻力，未能如願。

▶張愛玲離開大陸後，希
▼望以英文寫作立足西方文壇，但成績不甚理想。這是《秧歌》與《怨女》英文版的封面，現已絕版。

◀張愛玲以筆名「梁京」發表了一部長篇、一部中篇後就離開了中國大陸。

◀ 1961 年秋天，張愛玲赴台灣蒐集寫作材料。她希望訪問當時被幽禁的「西安事變」要角張學良，但未獲得許可。這是她 10 月 15 日旅遊花蓮時的留影。

▲張愛玲小說〈花凋〉的女主角黃家漪(老三)，還有四位弟妹健在人世。這是他們1995年冬天聚會的留影。由左至右為：五妹黃家芝（現居北京)、大弟黃德貽（現居上海)、四妹黃家瑞（現居台北，著名電視明星張小燕的母親)、小弟黃家沂（現居南京)。——黃家瑞提供。

▶張子靜居處的老舊箱籠，散發著沒落貴族的淒涼。(季季攝)

◀張愛玲晚年在洛杉磯的最後一張照片，攝於1994年獲得時報文學獎終身成就特別獎之後。當時文藝界敏感人士認爲這張照片隱含著她不久於人世的不祥氣息。（中國時報人間副刊提供）

▼1995年秋天張愛玲去世後一個月，張子靜在其上海居處與《張愛玲全集》合影（季季攝）

目錄

前言：如果我不寫出來

張子靜

1

張愛玲散文集《流言》的第一篇文章是〈童言無忌〉，發表於一九四四年五月的《天地》月刊。那篇文章共有五個子題：錢、穿、吃、上大人、弟弟。

——我的弟弟生得很美而我一點也不。從小我們家裡誰都惋惜著，因爲那樣的小嘴、大眼睛與長睫毛，生在男孩子的臉上，簡直是白糟蹋了。……有一次，大家說起某人的太太眞漂亮，他問道：『有我好看麼？』大家常常取笑他的虛榮心。

——

——他妒忌我畫的圖，趁沒人的時候拿來撕了或是塗上兩道黑槓子。我能夠想像他心理上感受的壓迫。我比他大一歲，比他會說話，比他身體好，我能吃的他不能吃，我能做的他不能做。——有了後母之後，我住讀的時候多，難得回家，也不知道弟弟過的是何等樣的生活。有一次放假，看見他，吃了一驚。他變得高而瘦，穿一件不甚乾淨的藍布罩衫，租了許多連環圖畫來看……大家紛紛告訴我他的劣蹟，逃學、忤逆、沒志氣……——

2

張愛玲筆下的那個「很美」而「沒志氣」的弟弟，就是我。

我今年七十四歲，住在上海市區的一間小屋裡，是個退休十年的中學英文教員。

我姊姊發表〈童言無忌〉那篇文章時，二十四歲，是上海最紅的專業作家；我二十三歲，因身體不好自聖約翰大學經濟系輟學，尚未正式工作。那時看到我姊姊在「弟弟」裡對我的讚美和取笑，並沒有高興，也沒有生氣。甚至看到文章的結尾：「他已經忘了那回事了。這一類的事，他是慣了的。我沒有再哭，只感到一陣寒冷的悲哀。」——那時，我也沒有悲哀。

我從小就什麼都不如姊姊，當然更沒有她的聰慧和靈敏。到了二十多歲，許多事也還是魯鈍的；沒有大的快樂，也沒有深的悲哀，彷佛只是日復一日麻木地生活著。在那上海「孤島時期」的末期，我中斷學業，沒有工作，沒有愛人；有的只是永遠煙霧迷濛的家：一堆僕人侍候著我那吸大煙的父親，以及我那也吸大煙的後母。**我那時心情的茫然和苦悶，是難以言說的。所以，對於姊姊在文章裡的取笑，除了麻木以對，又能如何？**在我們那個沒落了的、頹靡的家裡，是看不見一點兒希望的。而我姊姊，一九三八年逃出我父親的家後就昂首闊步，有了她的自我世界，也終於有了她的名望——只有她，看起來是有希望的。

3

一九九五年中秋次日，從太平洋的彼岸傳來我姊姊離開人世的消息。那幾天我的腦中一片空白，時常呆坐半天，什麼也想不出來。後來我找出《流言》，一翻就是那篇〈童言無忌〉。重讀「弟弟」，我的眼淚終於忍不住，汩汩而下了！「很美」的我，已經年老；「沒志氣」的我，庸碌大半生，仍是一個凡夫。父母生我們姊弟二人，如今只餘我殘存人世了！

這麼多年以來，我和姊姊一樣，也是一個人孤單地過著。父親早在一九五三年過世，和姊姊比較親的母親一九五七年逝於英國；姑姑也於一九九一年走了。就是和我們不親的後母，也於一九八六年離世。但我心裡並不孤獨，因爲知道姊姊還在地球的另一端，和我同存於世。尤其讀到她的文章，我就更覺得親。

姊姊待我，亦如常人，總是疏於音問。我了解她的個性和晚年生活的難處，對她只有想念，沒有抱怨。**不管世事如何幻變，我和她是同血緣，親手足，這種根柢是永世不能改變的**。

4

一九八八年中，一位熟知我們家世的老人拿著一頁報紙來找我。他神色慌張的說：

「你姊姊可能出事了！」

他攤開那張報紙，只見他用紅色圓珠筆圈起來的地方有一行字：

已故女作家張愛玲……

我一時嚇壞了。一九八三年，我和音訊中斷三十一年的姊姊第一次通信。後來她常搬家，去信都被退回，再度音訊斷絕。看了報紙那行字，我不免將信將疑起來。

我祖父張佩綸享壽五十六歲，父親張廷衆得年五十七歲，母親黃逸梵六十一歲謝世；

一九八八年我姊姊也有六十八歲了。但我想：她是著名的作家，如果故去，新聞應該會報導的啊！

我於是打電話或走訪在上海的親戚朋友，都說並不知道「有這回事」。我還是不放心，又寫信給住在美國的親戚，打聽的結果也都是沒聽說「這消息」。我只好到上海市政府華僑事務辦公室，說明我的疑慮，並把一封我寫給姊姊的信請上海市僑辦代爲處理。

那封信後來透過國務院僑辦寄到洛杉磯領事館，終於輾轉問到我姊姊的新地址。一九八九年一月又跟她通上信（**註**），懸在我心中半年多的疑慮才得以化解。

從這件事，我獲得三個結論。其一是，那位報紙編輯可能國文水平太差，錯以爲「已故」就是「以前」，才會鬧出這個笑話。其二是，那位編輯也可能道聽塗說，未經查證，貿然地讓我姊姊「已故」。其三是，我姊姊長期幽居，親友很難獲知她的近況，萬一她身患急病需要救治，無人能適時伸出援手。我一人獨居，情況不也相近？從那年開始，我日間都把小屋的木門開著，鄰居進進出出，路過都會探頭一下。

另外我也想到，我們姊弟都已到了日落西山的年紀。相差僅一歲，她先我而去或我先她而逝，恐怕上帝也不能回答這個問題。但是去日無多，這個答案是肯定的。

5

一九八九年終於和姊姊再聯絡上後，我就決定要爲姊姊寫點東西。**姊姊在她的散文中，也寫了一些早年生活的片斷，但未及於生活的全部眞相。還有一些事則是她沒寫、也不願寫的。在這方面，姊姊有她的自卑，也有她的自衛。**加上她後來與世隔絕，關於她的種種傳說，就和前述那則「已故」一樣，以訛傳訛，更爲撲朔迷離，神秘莫測。

姊姊和我都無子女。她安詳辭世後，我更覺應該及早把我知道的事情寫出來。**在姊姊的生命中，這些事可能只是幽暗的一角，而曾經在這個幽暗角落出現的人，大多已先我們而去。如今姊姊走了，我也風燭殘年，來日苦短。如果我再不奮厲寫出來，這個角落就可能爲歲月所深埋，成了永遠難解之謎。**

但人的記憶並非唯一的眞實；而且是主觀的眞實。過去數十年的生活波盪，我沒有日記，也失散了很多珍貴照片和資料。撰寫這本書，除了依憑記憶與親友的佐證，也參考了一些相關的資料。**如果內容有所偏差，尙祈愛護姊姊和我的各方人士，能夠惠予指正，以求善美。姊弟一場，責無旁貸，誠懇道來，但求無愧耳。**

撰寫本書的過程中，在資料查證方面，得到**前輩龔之方先生**及我的**表哥黃德貽**、**表妹黃家瑞**（台灣著名的電視明星張小燕的媽媽）等親友的協助，謹此一併致謝。

並祈姊姊在天之靈笑納。

註：一九八九年姊姊給我的信內容如下：

小弟：

你的信都收到了，一直惦記著還沒回信，不知道你可好。我多病，不嚴重也麻煩，成天忙著照料自己，佔掉的時間太多，剩下的時間不夠用，很著急，實在沒辦法，現在簡直不寫信了。你延遲退休最好了，退休往往於健康有害。退休了也頂好能找點輕鬆點的工作做。我十分慶幸叔叔還有產業留下給你。姑姑是跟李開第結婚——我從前在香港讀書的時候他在姑姑做事的那洋行的香港分行做事，就托了他做我的監護人。Dick Wei的名字陌生，沒聽說過。消息阻塞，有些話就是這樣離奇。傳說我了財，又有一說是赤貧。其實我勉強夠過，等以後大陸再開放了些，你會知

道這都是實話。沒能力幫你的忙，是眞覺得慚愧。惟有祝

安好

煐

一月廿日，一九八九

你最近這封信上住址草寫「蘇」（？）字不大認識，以前的信搬家全丟失了，無法去查信，希信寄得到。

又及

第一章 家世

——張家、李家、黃家、孫家

「我沒有寫歷史的志願，也沒有資格評論史家應持何種態度，可是私下裡總希望他們多說點不相干的話。現實這樣東西是沒有系統的，像七八個話匣子同時開唱，各唱各的，打成一片渾沌。」

——張愛玲〈燼餘錄〉（一九四四年二月）

◀張愛玲的外曾祖父李鴻章，官至文華殿大學士，在朝四十餘年，無一日不在要津。

◀張愛玲的祖父張佩綸曾任都察院佐副都史，是清末「流清黨」要角。(取材自皇冠出版公司《對照記》)

▶ 張佩綸因中法之戰馬尾一役罷官。這是他五十歲閑居南京時的畫像。

◀李鴻章的夫人趙繼蓮（左），反對李鴻章把女兒李菊耦（右）許配給相差十九歲的張佩綸做繼室。（取材自皇冠出版公司《對照記》）

▶曾樸在《孽海花》一書中形容李菊耦「眉長略彎，目秀而不媚，鼻懸玉准，齒列貝編。」（取材自皇冠出版公司《對照記》）

◀曾樸的《孽海花》描敍清末政治人物逸事，內容豐富，流傳甚廣。

◀張愛玲後母孫用蕃的父親孫寶琦，曾任袁世凱內閣國務總理。

以前評介我姊姊的文章，或多或少都會提到她的顯赫家世。這可能因爲與她同時代的作家，沒有誰的家世比她更顯赫。她的祖父張佩綸，光緒年間官至都察院侍講署佐副都史，是「清流黨」的要角。她的祖母李經璹（菊耦）是李鴻章的女兒。李鴻章在朝四十餘年，官至文華殿大學士，無日不在要津。簽訂馬關條約、中俄密約、辛丑條約，都是這位北洋大臣的「傑作」。中外人士提起清末政治人物，李鴻章的知名度可說無人能出其右。

但是要詳析我姊姊的家世，不應止於父系的張家和李家。母系的黃家——首任長江水師提督黃翼升和後母系的孫家——曾任北洋政府國務總理的孫寶琦，也都間接或直接的對我姊姊有所影響。或許因黃、孫兩家較不爲人知，評介我姊姊的文章幾乎從未提到他們。我們要尊重客觀存在的事實就不能有所偏差，留下缺憾。所以，開頭的這一章，我要介紹張家和李家，也要介紹黃家和孫家。

張佩綸才大心細，詞鋒可畏，可惜性格躁進些。

我的祖父張佩綸（一八四七～一九〇三），字幼樵，原籍河北豐潤。他才思敏捷，自視甚高，有筆如刀，持才傲物，因而在官場得罪了不少人，弄得中年罷官，抑鬱以終。

祖父早年活貧困，苦讀出身。我的曾祖父印塘（一七九七～一八五四），字雨樵，曾任安徽按察史。太平天國時期，李鴻章於一八五三年返回安徽辦團練，「與印塘曾共患難」。這是我祖父後來成爲李鴻章東床快婿的原因之一。

一八五四年，印塘因積勞成疾，逝於任上，終年五十七歲。那一年「佩綸方七歲，轉徙兵間十餘年，操行堅卓，肆力爲經世之學。」一八七〇年（二十三歲）中舉；次年登進士，「授編修充國史館協修官」。一八七五年升侍講，任「日講起居注官」，直諫朝政，聲譽日隆。後來並擢升爲侍講學士及都察院侍講署左副都史，派在總理各國事務衙門行走，內則不避權要，外則論議鋒厲，滿朝側目。

我祖父當時看到清末腐敗，一心爲國；個人則爲官清廉，生活窮困，常吃稀飯。據曾樸在《孽海花》中所述，他在大和殿大考，一揮而就，首先交卷。不日放榜，名列榜首。當時京中對他的批評是「詞鋒可畏，是後起的文雄」；「才大心細，有膽有勇，可以擔當大事，可惜躁進些。」他授了翰林院侍講學士後，洪鈞登門道賀，家中卻沒米煮一鍋乾飯待客，只得叫僕人拿棉袍去典當，買些菜、飯回來。

「在華所見大臣，忠清無氣息者惟佩綸一人。」

洪鈞未上門之前，本就有米店來討債，狼狽不堪。他受此刺激，想到「那些京裡的尚侍，外省的督撫，有多大能耐呢？不過頭兒尖些，手兒長些，心兒黑些，便一個個高車大馬，鼎烹肉食起來！我哪一點兒不如人，就窮到如此？」又聽說「浙閩總督納賄買缺」，「貴州巡撫侵占餉項」，「還有赫赫有名的直隸總督李公許多驕奢罔上的款項」，便夾著一股憤氣，寫了一封奏摺。次日消息見報，轟動滿京城。

——崙樵自那日上摺，得了個采，自然愈加高興。橫豎沒事，今日參督撫，明日參藩臬，這回刻六部，那回刻九卿，筆下又來得，說的話鋒利無比，動人聽聞……半年間那一個筆頭，不知被他撥掉了多少紅頂兒，滿朝人人側目，個個驚心……米也不愁沒了，錢也不愁少了，車馬衣服也華麗了，房屋也換了高大的了，正是堂上一呼，堂下百諾，氣焰熏天——

那時慈禧垂廉聽政不久，爲了樹立開明君主的形象，廣開言路，博采眾議，籠絡人心。我祖父的犀利文筆，得到當時軍機大臣首輔——恭親王——奕訢和另一位軍機李鴻藻（李石曾之父）的賞識，逐步升至侍講署佐副都御史。

《清朝野史大觀》裡說，當時京中和祖父一樣勇於直諫的還有張之洞、陳寶琛、潘祖蔭、寶廷、黃體芳、劉恩溥、鄧承修等人，「號曰清流……彈擊不避權貴，白簡朝入，鞏帶夕褫，舉國爲之震竦……豐潤喜著竹布衫，士大夫爭效之……」他們並在明儒楊福山的故宅「松筠庵」設了一個「諫草堂」，有什麼論列就集合在那裡討論。

我祖父當時參奏的案子，最轟動的是戶部尚書王文韶核准雲南報銷受賄六百萬兩和另一位京官大員萬青藜昏瞶顢頇，濫芋朝政。結果王文韶被罷官回原籍，萬青藜也被免職。

另外他也上了很多有關軍事、國防的奏摺。美國大使楊約翰曾對人說：

——在華所見大臣，忠清無氣習者惟佩綸一人。——

但祖父與「清流黨人」的勇於直言，到底得罪了很多人。埋下他日後被罷官的禍根。

赴馬尾上任，「豐潤過上海，中外人士仰望豐采。」

一八八四年中、法軍在越南起衝突，我祖父與清流黨人竭力主戰。北洋大臣李鴻章爲了保存實力不願輕啓戰端，委曲求全仍然交涉失敗。法國不僅侵占了越南，而且窺伺台灣，把軍艦停泊在福建馬尾口外以爲威脅。山西、北寧陸續失守之後，國威大損，慈禧震怒，就撤了奕訢的軍機首輔之職，改以她的妹婿醇親王奕譞任軍機首輔。其中的一位軍機大臣孫毓汶就向奕譞出謀劃策，把清流黨的幾位主將都派到外省任官，以免他們的直言在京干擾朝政。張之洞被派爲廣東總督，陳寶琛也以南洋大臣會辦海防事宜派到廣東。我祖父則以三品欽差大臣會辦海疆大臣的名義被派到福建馬尾督軍。

又有一說是李鴻章很賞識這位故舊之子的文采，見他時常發表有關軍事、國防的高見，以爲他能文又能武，想藉此機會厚植他的實力，以爲來日北洋大臣的繼任人選。祖父出京前去向慈禧叩別，聆聽聖訓，慈禧也對他的才幹訓勉有加，寄予厚望。所以「豐潤過上海，中外人士仰望豐采。」

「以詞臣而任軍機」，不戰而敗，顏面盡失。

那時我祖父正當英年（三十七歲），躊躇滿志，「以詞臣而任軍機」，也頗想有一番作爲。

但他並無軍事、國防的實務經驗。放言高論和實際執行到底有一段距離。他帶著慈禧的聖訓和李鴻章的厚勉南下，志得意滿，眼高於頂，沒把那些地方官放在眼裡。對於福建巡撫張兆棟、船政大臣何如璋的實務建言不予服睬，僅靠北京來的上諭和李鴻章的電報作爲他佈置戰守的依據。終致中法之戰馬尾一役，不戰而敗，張佩綸「所部五營潰，其三營殲焉」；「海上失了基隆，陸地陷了諒山」，顏面盡失。

《孽海花》裡對此有如下之描述：

——崙樵左思右想，筆管兒雖尖，終抵不過槍杆兒的凶；崇論宏議雖多，總擋不住堅船大砲的猛，只得冒了雨，赤了腳，也顧不得兵船沉了多少艘，兵士死了多少人，暫時退了二十里，在廠後一個禪寺裡躲避一下。等到四五日後調查清楚了，才把實情奏報朝廷。朝廷大怒，不久就把他革職充發了。」

三錢鴉片，死有餘辜；半個豬蹄，別來無恙。

關於馬尾敗戰的羞辱，直到一九九五年九月二十七日，還有唐振常先生在上海《新民晚報》發表〈張佩綸徒事空談〉的文章。文中有言：

——未戰之先，佩綸嘗作大言，謂敗當以三錢鴉片殉難。及敗，攜豬蹄途中大嚼。於是時人為聯曰：「三錢鴉片，死有餘辜。半個豬蹄，別來無恙。」——

這段話是否屬實，只有留待史家考証。作為張家的後代，看到時人撰文仍如此嘲諷祖父，我的感覺自是很難堪的。

回到天津未及半月就訂妥姻緣。

一八八四年我祖父被發配到邊塞張家口，繼室邊粹玉及元配朱芷薌（卒於一八七九年）所生之子志滄、志潛（仲炤）並未隨行。他在塞上讀書著述自遣。當時所讀多爲漢晉隋唐諸子百家，並成管子學二十四卷。一八八六年，邊粹玉在京病逝，一八八八年戍滿，李鴻章於二月十七日「分俸千金，以資歸葬」。我祖父乃於四月十四日返抵津門，在李鴻章都署內協辦文書，掌理重要文件。四月二十七日，李鴻章致函台灣巡撫劉銘傳，提到我祖父與其女的婚事：「幼樵塞上歸來，遂託姻親，返仲蕭於張掖，至歐火於許昌，累世舊交。平生期許，老年得此，深愜素懷。」由是觀之，我祖父返津未及半月，就與李鴻章的女兒訂妥姻緣。那年我祖父四十一歲，祖母二十二歲。

《孽海花》裡說，李鴻章的夫人趙繼蓮爲了他要把有才有貌的女兒許配給一個相差十九歲的「囚犯」做繼室，曾經痛罵李鴻章「老糊塗蟲」，哭鬧著不願認這門親。但李菊耦說，爹爹已經許配：「就是女兒也不肯改悔！況且爹爹眼力，必然不差的。」他的夫人也只好罷了。

論材宰相籠中物，殺賊書生紙上兵。

曾樸在《孽海花》裡，形容我的第三祖母李菊耦「眉長而略彎，目秀而不媚，鼻懸玉准，齒列貝編」；「貌比威、施，才同班、左，賢如鮑、孟，巧奪靈、芸，威毅伯（編案：李鴻章）愛之如明珠，左右不離。」並引了兩首我祖母做的詩來印証她的才華；說我祖父就是見了這兩首詩，對她傾倒不已。

第一首：

基隆南望淚潸潸，聞道元戎匹馬還；
一戰豈容輕大計，四邊從此失天關。
焚車我自寬房琯，乘障誰教使狄山；
宵旰甘泉猶望捷，群公何以慰龍顏。

第二首：

痛哭陳辭動聖明，長孺長揖傲公卿；
論材宰相籠中物，殺賊書生紙上兵。
宣室不妨留賈席，越台何事請終纓；
豸冠寂寞犀渠盡，功罪千秋付史評。

不過我父親說那兩首詩是別人杜撰，不是我祖母寫的。我姊姊在《對照記》裡也說：「奶奶就只有一首集句是她自己作的：四十明朝過，猶爲世網縈。蹉跎暮容色，煊赫舊家聲。」

干預公事屢招物議，驅令回籍遷居南京。

我祖父留有《澗于日記》四冊。起自一八七八年他任都察院侍講署左副都史，終於一八九五年三月辭津，遷居南京。但一八八〇—八五年不知爲何沒有留下日記。

他所以遷居南京，是因一八九四年八月被翰林院御史端良上奏：「將革員驅令回籍，以免貽誤軍機」；說他「發遣釋回後又在李鴻章署中以干預公事屢招物議屬實，不安本份；著李鴻章即行驅令回籍毋許逗留。」

我祖父於這年八月十二日的日記中記此事謂：

——合肥甚慍，余謂人言亦恤，君命當遵，擬節後遷居，以息浮議。——

「節後」係指「中秋」。

八月十七日他們即遷出都署，入居水草堂。次年三月，遷居南京。此後我祖父沒有留下日記。是心情鬱卒沒有寫抑或我伯父爲他出版文集時曾作篩選，我就不得而知了。

我祖父被諭令回籍，「干預公事，屢招物議」據說並非主因。一八九四年中、日在朝鮮交兵，七月正式宣戰。李鴻章過繼的長子李經方主和，我祖父則主戰，李鴻章左右爲難。據說李經方買通了御史上奏，諭令他遠離津門，遷回原籍。李鴻章爲了愛女，就設法讓他們搬到南京，並給了一份豐厚的陪嫁。他們在南京買了一所巨宅，是康熙年間一個征藩有功的靖逆侯張勇的舊宅；深宅大院，花木競秀，頗爲幽靜。我祖母在那裡生下了我父親和我姑姑。民國之後，那所房子一度做過國民政府的立法院，到了三〇年代已成一片廢墟了。

能從急流灘頭轉，便是清涼眇裡人。

《孽海花》提到我祖父和李鴻章的女兒結婚後，「詩酒唱隨，百般恩愛，崙樵倒著實在享艷福哩！」

從我祖父與我三祖母婚後的日記來看，他確實享受了一段「詩酒唱隨」的幸福生活。

——午後與內人論詩良久。(一八八九年二月初三日)

雨中與菊耦閒談，日思塞上急雹枯坐時不禁憮然。（一八八九年六月初八日）

合肥晏客以家釀與余、菊耦小酌，月影清圓，花香搖曳，酒亦微醺矣。（一八九〇年元月十六日）

菊耦小有不適，煮藥，煮茶，賭棊，讀畫，聊以遣興。（一八九〇年二月初五日）

夢中得詩：「一葉扁舟一粟身，風帆到處易迷津，能從急流灘頭轉，便是清涼眕裡人。」（一八九〇年九月三十日）

菊耦蓄荷葉上露珠一甕，以洞庭湖雨前瀹之，葉香茗色湯法露英四美具矣。蘭駢館小坐，遂至夕照銜山時，管書未及校注也。（一八九一年六月二十二日）

戰敗罪人辱家聲，無面目復入祖宗邱壟地。

一八八九年三月二十六日（舊曆）我祖父返回河北老家祭掃祖墳時，曾在豐潤縣之北郭胥莊山王砦購地七十八畝，擬爲百年之用。但他在南京死前對我伯父說：

——死即埋我於此。余以戰敗罪人辱家聲無面目復入祖宗邱壟地。——

可見我祖父雖持才傲物，但晚年遷居南京後有所自省。他不歸葬祖塋的遺言，是悲壯而蒼涼的。一個忠臣落得如此下場，也難怪他晚年在蒔花吟詩之外還酗酒解愁。一九〇一年李鴻章要和八國聯軍簽辛丑條約，曾以四五品京堂補用，奏荐他北上協助交涉談判，但他稱病不出。五十六歲就以肝疾辭世。

人才需留心培養，不可故意捨其所長用其所短，弄得兩敗俱傷。

祖父七歲喪父。三十二歲那年，四月喪母，五月喪元配。三十九歲繼室也去世。四十八歲喪長子。四十九歲才與我三祖母生我父親志沂（廷衆）；五十四歲生我姑姑茂淵。五十六歲去世時，我父親七歲，姑姑兩歲。從這些數字看來，就是他的家庭生活也是命運乖離，多災多難。所幸他留下了《管子學》二十四卷，《澗于集——奏議》八卷，《澗于草堂文集》三卷，《澗于日記》十四卷，詩四卷，爲他的才學功業留下了眞實的記錄。

《孽海花》裡對我祖父馬尾罷官發配邊塞，後來曾有如下感慨：

——在崙樵本身想，前幾年何等風光，如今何等頹喪！安安穩穩的翰林不要當，偏要建什麼業，立什麼功，落得一場話柄！在國家方面想，人才該留心培養，

> 不可任意摧殘，明明白白是個拾遺補闕的直臣，故意捨其所長，用其所短，弄得兩敗與傷。——

曾樸又說，我祖父罷官後，朝無直臣：

> ——裡頭呢，親近弄臣，移天換日；外頭呢，少年王公，顛波作浪，不曉得再鬧成什麼世界哩！
>
> 可惜莊崙樵一班清流黨人，如今擯斥的擯斥，老死的老死了。若他們在此，斷不會無忌憚到這步田地！——

綜觀祖父一生的功過，似乎毀多於譽。但曾樸的這幾句話倒不失客觀，爲我祖父作了持平之言。而我姊姊的文采早慧，文筆犀利；性格孤傲，擇善固執，我認爲頗得祖父的眞傳。只可惜我父親並未善用他得自我祖父的慧根，只用得自我祖母的遺產，奢靡頹廢的過了一輩子。這是名人之後最大的悲哀。

三個姪子活躍官場，只有兩個平順以終。

我祖父有三個姪子活躍官場。張人駿（一八四六—一九二七）做過山東布政使，漕運總督、山西巡撫、河南巡撫、兩廣總督及最後一個兩江總督。一九一一年十二月一日革命黨江浙聯軍攻打南京時，他坐在籃子裡縋下城牆，渡江逃走，和我祖父一樣留下一頁不光彩的記錄。我姊姊在《對照記》十～十二頁裡曾略述他晚年在天津的淒涼生活。

另一個姪子張志潭（一八八三—一九四六），號遠伯。中舉後曾任陸軍部候補郎中。也曾在東三省任總督徐東海的祕書。一九一二年任袁世凱總統府祕書。後來他在北洋政府還做過內務部次長、外交委員會副會長、國務院秘書長、參戰事務處機要處長、陸軍部部長、內務部總長、內國公債局總理兼財政整理委員會副會長。一九二一年及一九二六年兩度出任交通部總長。他最後的官銜是行政院華北戰區救濟委員會委員兼鐵路學院名譽校董。他的弟弟張志潡，號次邁，北洋政府時代做過河北省政府祕書。他們不像我祖父那麼有才氣，但官運較為平順。一九二〇年代，張志潭住在天津英租界新加坡路三十二號；張志潡住在英租界三十八號路四十五號；一九二二年姊姊與我隨父母及姑姑遷居天津時，住在三十一號路六十一號，三家離得很近。後來我父親生活糜爛，就是他們出面干預，我們才又搬回上海。

李鴻章一世功名，〈十可恨〉嘲諷他外交失敗，「大臣賣國」。

我祖父的第三次婚配，如果娶的不是李鴻章的女兒，也許我們的家世就全然改觀。當年李鴻章夫人不贊成其女許配給我祖父，但我祖父娶了李鴻章的女兒後亦曾遭清流黨人訕笑，因爲李當時雖高居要位，但官聲不佳，飽受朝野攻訐。

李鴻章（一八二三—一九〇一），字少荃，原籍安徽合肥。他和我祖父一樣，少有文采，講求經世之學。但和我祖父不一樣的是，他拜曾國藩爲師，隨湘軍轉戰各地，於軍事有實務經驗，也曾屢建奇功。他天資不凡，受知於曾國藩後亦不斷自我奮厲，終而成就一世功名。後來他受恭親王和慈禧太后傾心相託，迫於時勢，一再與侵華各國簽約乞和，備受國人唾責，指爲喪權辱國。《清朝野史大觀》載有〈十可恨〉一則，對清末朝政和李鴻章嘲諷交加。

——晚清一士人狀類痴顛。嘗在後門大街一帶演說「十可恨」。其言曰：外務部外交失敗，一可恨。法部各級審判不清，二可恨。軍機大臣不負責任，三可恨。資政院議員乞憐，四可恨。陸軍部兵士腿快，五可恨。大臣賣國，六可恨。外人強硬，七可恨。錢鋪坑人，八可恨。國民不知自強，九可恨。巡警管洋車不管馬車，十可恨。——

曾國藩說，李鴻章「將來建樹非凡，或竟青出於藍亦未可知」。

我祖父另有一項與李鴻章相同，他們都受到父輩舊識提拔。

李鴻章之父文安（號愚荃），與曾國藩戊戌同年，做過刑部郎中。曾國藩飽讀史籍，嘗言「吾學以禹墨爲體，莊老爲用」。李鴻章少時師從曾國藩治學，終入翰林。後來因爲母親逝世，回到安徽，與其父從侍郎呂賢基治團練，在皖境抵抗太平軍。曾國藩督師江西，他前去求見，希望入其麾下「藉資歷鍊」。曾對他的幕僚陳鼐說：

——少荃翰林也，志大才高，此間局面窄狹，恐艨艟巨艦，非潺潺淺瀨所能容。何不回京供職？

陳鼐答曰：

——少荃多經磨折，大非往年意氣可比，老師盍姑試之。

李鴻章入曾國藩幕後，曾以他年少時才氣不羈，恐難馴服，時加磨練，挫其銳氣。有一次還嚴厲的對他說：

——少荃既入我幕，我有言相告，此處所尚惟一「誠」字而已。——

李鴻章於是謹誠從事，在曾國藩幕中協理文書，後來又幫他批擬奏稿。過了幾個月，曾國藩就對幕僚說：

——少荃天資於公牘最相近。所擬奏咨函批皆有大過人處。將來建樹非凡，或竟青出於藍亦未可知。——

曾國藩雄才大略，又有識人之明。他這番預言，後來果然應驗了。李鴻章得他之荐，兵援上海，兩年後就實授江蘇巡撫，「賞黃馬褂雙眼花翎，封一等肅毅伯，動名幾與文正相並。」

其後他又領軍攻打太平軍，克服嘉興、杭州等地。太平天國於一八六四年覆亡後，東捻亂起，朝廷命曾國藩前去平亂，曾推薦李鴻章率軍前往。李「拜命不辭勞瘁，馳逐數省，用合圍法，漸次肅清。」

師事近三十年，曠世難逢天下才。

一八六五年，李鴻章與曾國藩在上海合創江南機器製造局。一八七一年，曾國藩奏派幼童出國留學，李鴻章則在上海創設輪船招商局。由此可見，他們師徒二人不止允文允武，對於中國的現代化也有先見之明。同年曾國藩逝於兩江總督任內，李鴻章寫了一幅情辭感人的輓聯：

——師事近三十年，薪盡火傳，築室忝爲門生長。

——威名近九萬里，内安外攘，曠世難逢天下才。——

那時李鴻章已官拜北洋大臣，「勳名威望幾與國藩抗矣。」

宰相合肥天下瘦，司農常熟小民荒。

不過官拜北洋大臣之後，李鴻章的官聲就每況愈下。他有現代思想，全力發展海陸二軍，但海軍迎戰外侮，大多戰敗，不得不割地乞和。而海軍覆敗，多因經費不足，籌備未周，因連年經費「大半助修頤和園，予則傷義，不予則傷恩」。李初入樞府時，常熟人翁同龢領水曹（海軍），當時就有人戲做了一幅諷刺他們的對聯：

——宰相合肥天下瘦，司農常熟小民荒。——

受盡天下百官氣，養就胸中一段春。

李鴻章後來辦理外交事務，大多是代表清廷與侵華各國簽訂不平等條約，被指爲崇洋媚外。其實他迫於朝廷，不得不然；內心對外國人深爲痛惡，常藉機洩憤。一八九五年二月他赴日與日相伊藤博文簽馬關條約後，又遇刺傷頰，內心沉痛萬分。次年清廷派他赴俄賀俄皇加冕並簽中俄密約，他與李經方坐船至日本換船。日方早在岸上爲他準備行館招待，但他「誓終身不復履日地」，拒不上岸，夜宿船中。次日換坐的船駛來，需先坐小船銜接，他知悉小船是日船，仍拒不登船。後來日方只好在兩船之間架設飛樑，他才登樑換船，直駛俄國。那年他已七十二高齡，其情其景，眞夠悲涼！

李鴻章與外人交涉或赴國外訪問，鬧了很多笑話。有的笑話出於無知，大多的笑話則出於心計。他赴英國訪問，把戈登將軍後人送他的名犬宰而烹之，還寫謝函謂「所賞珍味，感欣得沾奇珍……」一時傳爲笑談，英國報紙莫不嘩然。這種貽羞國外的笑話是出於無知或工於心計，則不得而知。但他爲國蒙羞，使國蒙羞，深受朝野指責，若非性格堅忍，只怕早已精神崩潰。據說他曾寫了一幅楹聯自況心境：

——受盡天下百官氣，養就胸中一段春。——

北上簽辛丑和約前曾對盛宣懷說：「和約定，我必死」。

康梁變法期間，李鴻章曾退出總理衙門，屈任商務大臣、兩廣總督等職。後來慈禧再度垂廉聽政，變法失敗。一九〇〇年五月，義和團進入北京；六月，八國聯軍陷天津；清廷在六月十五日又電令李鴻章「迅速來京」，並再調補爲直隸總督、北洋大臣。四次傳喻催促，七十七歲的李鴻章才於七月十七日離開廣東，二十一日抵達上海，靜觀變局，爭取與慈禧談判鎭壓義和團及與聯軍代表議和的空間。

李鴻章在上海滯留了兩個月，與親友密商北上安危。他曾對郵傳部尚書盛宣懷說：

——和約定，我必死。——

他奏請我祖父一同赴京協助合約交涉談判，我祖父爲保晚節，婉以病辭，不願相隨。九月七日，清廷正式發佈「剿匪」喻旨，並命他「即日進京」；說此行「不特安危繫之，抑且存亡繫之，旋轉乾坤，匪異人任」。李鴻章不得不再赴北京與聯軍議和。

一九〇一年七月，李鴻章與聯軍簽了此生最後一次乞和條約。九月七日，逝於北京賢良寺寓所——一如他自己預言，「和約定，我必死。」可見他對自己的「喪權辱國」早就了然於胸。最後的一次，他以七十八歲之齡抱著必死的心情前往，其沉痛又豈是攸攸眾生所能諒解？

兩兒念念不忘清室，鼓吹復辟不遺餘力。

李鴻章「為國捐軀」後，他的兒孫都得到清廷的厚賜。他四十歲膝下猶虛，過繼幼弟少荃的兒子李經方（一八五五～一九三四）為嗣子。四十二歲，他與元配趙繼蓮的嫡長子經述出生（一八六四～一九〇二）。四十四歲，長女李經璹出生（一八六六～一九一二）。五十三歲，次子經邁出生（一八七六～一九三八）。五十五歲，他與側室生幼子經進（一八七八～一八九二，十四歲病亡）。他的嗣子李經方曾任駐日大臣，後來一直在他幕下助理政務。李鴻章去世後，李經方的長子國燾「著賞給舉人」，李經方也「加恩著以四品京堂候補」。後來他還做過商約大臣、駐英欽差大臣、郵傳部左侍郎等職。

李鴻章的嫡長子李經述，「承襲一等肅毅侯爵」。但李鴻章去世次年二月他就「以哀毀」。一九〇四年八月，李經述的長子李國杰也承襲爵位。這一房的故事，後來被我姊姊寫成了〈金鎖記〉。他們由盛而衰的悲慘結局，**請見本書第九章**。

至於其次子李經邁，一九〇〇年李鴻章與八國聯軍議和時就襄贊機要。李去世後，經邁以四五品京堂候用。一九〇五年任奧地利欽差大臣。一九〇七年回國後任光祿寺卿。一九〇八年後，做過江蘇按察使、河南按察使、浙江按察使、鑲紅旗蒙古副都統、民政部右丞。袁世凱組閣後曾派他做郵傳部副大臣。做了一個月就辭去，避居威海衛。

李經方、李經邁都在民國初年移居上海，並影印整理李鴻章的函牘，出版《李文忠公尺牘》。他們對於清室一直念念不忘。一九一七年張勳復辟，他們多方鼓吹，不遺餘力；李經邁還獲廢帝命爲外務部左侍郎。復辟失敗後，李經邁把他在威海衛英租界認識的**行政專員莊士敦爵士推荐給溥儀做英文老師**。李經方則在復辟失敗後避居大連，不問外事。李經述的長子抗戰時期在上海與汪僞勾結，遭國民黨暗殺。李鴻章的姪子經世、經畬、經羲、經達、經楚等人也都曾任要職，可謂一門顯赫。

我祖母連喪三親人，心情沉鬱，四十六歲就因肺疾而逝。

我的祖母一九〇一年喪父。一九〇二年喪兄。一九〇三年喪夫；那年她才三十七歲，情緒沉鬱，閉門不出，已若晚年心境。不久就得了肺病。醫生勸她不可整天悶在屋子裡，應該常坐馬車出去透透氣，但她並沒有接受醫生的勸告。辛亥革命時從南京搬到青島，一九一二年搬到上海不久就去世，終年才四十六歲；那年我父親十六歲、姑姑十一歲。她的一生是幸或不幸呢？大概她自己也沒有答案。

黃翼升是正統湘軍，自幼父母雙亡，沒有父輩提拔。

我祖母去世之後三年──一九一五年──我父母在上海結婚。我母親黃素瓊的祖父黃翼升（一八一八～一八九四），原籍湖南長沙。他和李鴻章一樣，都曾在曾國藩麾下領軍。**他們並曾一起馳騁疆場，平定太平天國和東捻之亂；生前決沒想到兩家的孫輩日後同結連理**。當然更沒想到後來又離婚。

黃翼升是正統的湘軍。他和李鴻章最大的不同是幼年父母雙亡，沒有父輩提拔。他由鄧氏收養並改姓鄧。大概家境清貧，沒有朝中舉之路發展，小小年紀就入陸軍做小兵。直到四十一歲才由曾國藩為他奏請歸宗，乃復姓黃。

黃翼升在陸軍時曾遠征廣西，英勇善戰，名聞鄉里。洪秀全太平軍陷南京後，湖南在籍禮部侍郎曾國藩奉命治鄉兵，創設水師，並把黃翼升調入其麾下。

從一八五四年（三十六歲）到一八六八年（五十歲），黃翼升馬不停蹄，轉戰各地。他入曾國藩麾下後，與湘軍水師守備楊載福奮力追擊，一九五四年年底就肅清湖南、湖北的太平軍。之後隨曾國藩移師江西九江；那時李鴻章也從鎮江到江西，在曾國藩麾下協助批擬奏稿。**那一年黃翼升三十六歲，李鴻章三十一歲，一武一文，尚未交集。**

一八五五——五八年間，黃翼升隨楊載福轉戰江西、安徽各地，力抗太平軍。一八五八年克服九江後，他得旨加總兵銜，不久又補河間協副將。次年曾國藩就為他奏請歸宗，回復原姓。

與李鴻章轉戰各省，屢建奇功。

一八六〇年，黃翼升、李鴻章首次交集。那一年曾國藩奏設淮楊水師。清廷詔他「於所部將領中，簡其才略素著、謀勇兼全者，酌保數員。」當時黃翼升合圍安慶成功，李鴻章為福建延建邵道台，同時為曾國藩圈選應命；黃翼升並獲授江南淮揚鎮總兵。一八六二年又獲授代理江南水軍提督。

一八六二——一八六八年間，黃翼升與李鴻章不斷交集。他們曾合力克服蘇州、嘉定、無錫、上海等地。一八六四年滅太平天國後，他們又轉戰江蘇、山東、河南各省，平定捻匪之亂。李鴻章獲授湖北巡撫，次年調升直隸總督與北洋事務通商大臣，官運扶搖直上。

黃翼升則於一八六四年出任首任長江水師提督。一八六八年平捻後，他獲授三等男爵，曾國藩、彭玉麟也詳定水師章程，為他設提督署於安徽太平府，行轅於湖南岳州：

——「自荊岳下至崇明，支河內湖，悉歸統轄，計五千餘里。所有六標二十四營。船七百七十四艘。總兵五營。官副參遊二十四。……兵萬二千。兵餉雜費月五萬有奇。……」曾國藩奏言：「水師事務繁重，惟翼升可以綜覽全局。」彭玉麟亦奏言：「翼升精明強幹，練達營務……」。——

沙場勇將，四十七歲才得獨子，七十六歲尚無孫輩。

黃翼升青年時代就不斷轉戰各地，婚後一直沒有生育。直到滅太平天國次年，他已四十七歲，夫人才生下獨子——我們的外祖父——黃宗炎。黃宗炎成年後結婚，元配也一直沒有生育。黃翼升一八九四年去世時，膝下仍無孫輩。當時黃宗炎的元配回長沙鄉下爲他買了一個姨太太。一八九五年黃宗炎逝於廣西鹽法道任上。一八九六年我們的姨祖母生下了我母親和我舅舅這對雙胞胎。我母親的性格形成及她對我姊姊的影響，**請見本書第四章**。我舅舅一家的故事，**請見本書第九章**。我母親曾說：「湖南人最勇敢」。黃翼升的驍勇善戰，不愧是一個湖南人。

我後母的父親孫寶琦有五個太太，二十四個子女。

我母親與我父親離婚後，我父親於一九三四年再娶孫用蕃（一八九九～一九八六）。她的父親孫寶琦和我的外祖父、外曾祖父正好相反：多妻、多子、多孫。我後母是姨太太的女兒，爲了在眾多兄弟姊妹中爭寵，養成了精明幹練、強出頭的個性。她嫁入我家之後，我們都深受她這種個性的影響：最後導致姊姊離家出走。

孫寶琦（一八六七～一九三〇）原籍浙江杭州，字慕韓，生在一個書香世家。他的父親孫貽經是咸豐十年進士。同治十年升到侍講。光緒六年（一八八〇）後做過刑部侍郎、戶部侍郎。一八九〇年辭世時，孫寶琦二十三歲，「五年不茹腥，不居內。」後來孫寶琦做過戶部主事、直隸道員、銅元局總辦。並創設育才館，辦理開平武備學堂；「吳佩孚、蕭安國、陶雲鶴皆列門牆。」

一九〇〇年聯軍陷北京後，慈禧挾德宗出逃。孫寶琦隨行護駕至西安。因為他熟諳法文和電碼，受命軍機處密事。當時北京與西安之間有關議和及朝政的電報，全都由他譯讀辦理。

因為護駕有功，一九〇一年議和之後，孫寶琦以五品京堂奉派出使法國大臣。他重視教育，赴法上任時曾帶張人傑、林桐實、嚴璩等七個學生至巴黎留學。一九〇三年又獲兼任西班牙國大臣。

出使法國期間曾斥責留學生，暗助孫中山。

在巴黎三年，孫寶琦有一件事列入平生光榮記錄。當時孫中山在倫敦蒙難獲釋至巴黎，有兩個留德的學生和兩個留法的學生去旅館看他。孫中山留他們在房間裡密談，但留學生堅請他去外面喝咖啡。在咖啡館坐沒多久，兩個留法的學生藉詞先走。他們溜回孫中山下榻的旅館，設法進入他的房間，割開皮包，把同盟會的同志盟據和法國政府致安南總督的密函偷走，拿到清廷駐法使館告密邀功。

孫寶琦受理這件事，當面斥責那些留學生的行為乖違，叫他們要把盟據交回各人，專心讀書，不予舉發。並將法國政府的密函送還孫中山。楊愷齡在〈杭縣孫公慕韓家傳〉中說：

——可見公迴護革命，曲全青年，膽略識見之遠大，迴非守舊大臣可望其項背者也。——

一九〇五年返國後，孫寶琦「充釐定官制局提調，權理太常寺少卿及順天府府尹。」

屢在北洋政府任要職，時間都很短暫。

後來他又奉派出使德國，「謀力籌中美德三國聯盟」，並商洽收回青島主權的問題。但「議格未遂，乃辭歸」。第二年任山東巡撫，「主錄用黨人，裁抑親貴，言人所不敢言，而朝廷終不省。」

民國之後，孫寶琦做過袁世凱內閣的外交總長和國務總理。一九一五年，日本向中國提出二十一條要求，孫寶琦不願接受，遂去職改任審計院長。又因稅務問題力爭不得，改任漢冶萍公司董事會會長。

一九二四年曹錕任北洋總統時，孫寶琦復任國務總理，不到半年就因金佛郎案與財政總長王克敏齟齬去職，改任揚子江水道委員會委員長。不久段祺瑞執政，他被聘爲外交委員會委員長。段祺瑞另想派他做淞滬商埠督辦、駐蘇維埃大使，他都沒有接受。他在世的最後五年，出任「全國賑務督辦華洋義賑會會長」，募款嘉惠災黎。一九二七年一度避居大連。一九三〇年冬在上海辭世，終年六十四歲。

「平生但率眞，宦久不知巧」，兒女親家皆顯貴。

孫寶琦一生兼走國內外，南北奔波，做過的職務很多，但時間都不長久。他隨政治環境浮沉宦海，曾詠句自況：「平生但率眞，宦久不知巧。」他的知友葉柏皋太史則說他：「性慈秉介，囊無一金，不妄取於人，囊有一金，必慨施於人。」

雖然如此，他卻娶了五個太太：元配是曾任山東巡撫的張勤果之女，側室則有朱、張、劉、李四氏。這五個太太爲他生了八個兒子，十六個女兒。我的後母排行第七個女兒，做小姐時就染上了阿芙蓉癖。他晚境拮据，盡量把兒女許配給權貴之家。「河間總統馮國璋」、郵傳部尚書盛宣懷、清慶王奕劻、被我祖父參奏丟官的戶部尚書王文韶、北洋總統袁世凱等等，都是他的兒女親家。這是他政治事業最成功的延伸。在這方面，他比李鴻章、張佩綸、黃翼升都更成功。

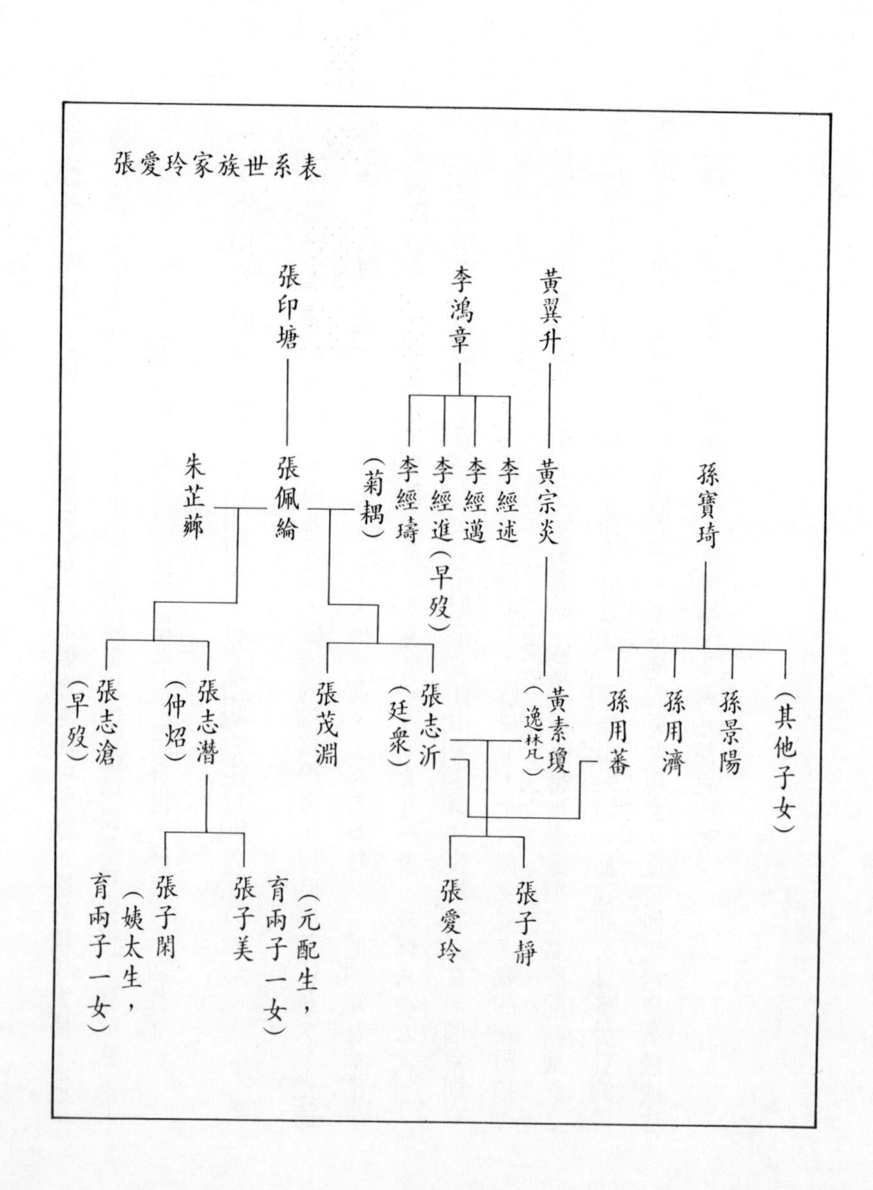

張愛玲家族世系表
張印塘
李鴻章
黃翼升
朱芷薌
張佩綸
(菊耦)
李經璹
李經進(早歿)
李經邁
李經述
黃宗炎
孫寶琦
張志滄(早歿)
張志潛(仲炤)
張茂淵
張志沂(廷衆)
黃素瓊(逸梵)
孫用蕃
孫用濟
孫景陽
(其他子女)
張子閑(姨太生，育兩子一女)
張子美(元配生，育兩子一女)
張愛玲
張子靜

第二章

童年

——成長與創傷

「小孩是從生命的泉源裡分出來的一點新的力量，所以可敬，可怖。小孩不像我們想像的那麼糊塗。父母大都不懂得子女，而子女往往看穿了父母的為人。」

——張愛玲〈造人〉（一九四四年五月）

◀張愛玲的母親黃逸梵儀容高雅，善於繪畫及雕塑。
（取材自皇冠出版公司《對照記》）

◀1928年左右流行的上海時裝。

▶ 張愛玲的父母自上海遷居天津初期。攝於英租界住處的花園。左二爲她父親張廷衆，右一爲她姑姑張茂淵，右二爲她母親黃逸梵。

▶ 張愛玲與張子靜童年時攝於天津的法國公園。

▲ 40 年代的上海街景，張愛玲常常坐父親的汽車去看電影。（雷驤提供）

◀太平洋戰爭爆發前，上海的耶誕舞會一片燈火迷離。（雷驤提供）

記者先生

我今年九歲因為英文不夠所以还沒有進學堂現在先在家裏補英文明年大約可以考四年級了前天我看見附刊編輯室的趣（啟）事我想起我在杭州的日記本所以寄給你看看不知你可嫌他太長了不我常常喜歡畫畫子可是不像你們報上那天登的孫中山的兒子那一流的畫子是娃娃古裝的人喜歡填顏色你如果要我就寄給你看看祝你快樂

▲張愛玲九歲時就寄出第一封投稿信。

▲禮查飯店是二〇年代上海最豪華的飯店。張愛玲的父親1934年與她的後母在此訂婚宴客。

張御史的少爺，黃軍門的小姐，十九歲結婚時是一對人人稱羨的金童玉女。

五年之後，母親生下我姊姊，小名小煐。次年，母親生下我，小名小魁。此後十多年，從上海搬到天津，又從天津搬回上海；母親遠走英國，又回到上海家中，和父親離婚後又出國，但姊姊與我一直生活在一起——直到一九三八年她逃離我父親的家。

我們一起成長，一起聽到父母的爭吵，面對他們的恩怨分合。我們的童年與青年時代，是由父母的遷居、分居、復合、離婚這條主線貫穿起來的。其間的波折和傷害，姊姊的感受比我更爲深刻。

與二伯父分家而治，搬到天津去。

我開始有記憶的時候，我們家已經**從上海搬到天津，住在英租界一個寬敞的花園洋房裡**。那是一九二四年，姊姊四歲，我三歲。如果母親沒有在那一年出國去，姊姊和我的童年應該是富足而幸福的。

然而母親和姑姑走了。我和姊姊常由保姆帶著，在花園裡唱歌，盪鞦韆，追逐大白鵝。

那時我父親和同父異母的哥哥分家不久，名下有不少房產、地產。我母親也有一份豐厚的陪嫁，日子本來過得很寬裕。如果父親能夠本份守成，不花天酒地吸大煙，母親也不會傷心出國，我們的生活是可以一直平順而寬裕的。

照我姊姊後來的分析，是說我父親一直在二伯父治下，生活太拘謹了。一旦如願地分家而治，就如野馬脫韁，難以收心；自由放蕩也就不足爲奇。

一家子的財產都是三祖母陪嫁過來的。

我的大伯父早逝，二伯父大我父親十七歲；他們是我的**第一位祖母朱芷薌**所生。**第二位祖母邊粹玉**並無生育。**第三位祖母**（李鴻章之女李菊耦）**生了我父親及兩位姑姑**；但大姑姑早年在杭州病故。我祖父一九〇三年去世時，二伯父二十四歲，我父親才七歲，姑姑二歲。

我祖父是個清官，一家子的財產都是三祖母陪嫁過來的。祖父去世後，表面上是三祖母當家，具體事務則由二伯父料理。祖母省儉渡日，二伯父也不尙奢華。三祖母一九一二年去世後，家裡仍殘留着封建習俗與家規。長兄如父，長嫂若母，我父母婚後與他們同住自然覺得很拘束；我母親因而常常回娘家解悶。後來我看父親那一時期的日記，差不多每篇都寫著「瑩歸寧」；瑩大概是母親的小名。

我父母一直想和二伯父分家，搬出去過小家庭生活。但一直找不到適當的藉口。後來他託在北洋政府做交通部總長的堂房伯父張志潭引介，（張於一九二一年五月出任該職）終於在**津浦鐵路局**謀了一個**英文祕書**的職位。如此才順理成章的分了家。一九二二年，我姑姑和我們一起，由上海搬到了天津。

我母親思想開明，是舊社會的進步女性。

那一年，我父母二十六歲。男才女貌，風華正盛。有錢有閑，有兒有女。有汽車，有司機，有好幾個燒飯打雜的佣人，姊姊和我還都有專屬的保姆。那時的日子，眞是何等風光。

但不久我父親結識了一班酒肉朋友，開始花天酒地。嫖妓，養姨太太，賭錢，吸大煙，一步步墮落下去。

我母親雖然出身傳統世家，思想觀念卻不保守。尤其受到五四運動及她自身經驗的影響，她對男女不平等及舊社會的腐敗習氣更爲深痛惡絕。傳統的舊式婦女，對丈夫納妾、吸大煙等等行徑，往往是只有容忍不置一辭；因爲家裡並無她們發言的地位。我母親對父親的墮落則不但不容忍，還要發言干預。我父親雖也以新派人物自居，觀念上卻還是傳統的成份多。這就和我母親有了矛盾和對立。

我姑姑也是新派女性，站在我母親這一邊。後來發現兩個女人的發言對一個男人並不產生效力，她們就相偕離家出走以示抗議——名義上好聽一點，是說出國留學。**那一年我母親二十八歲，已有兩個孩子**。這樣的身份還要出國留學，在當時的社會是個異數。由此也可看出我母親的果敢和堅決。思想保守的人，說她「不安份」；思想開明的人，則讚揚她是「進步女性」。姊姊在〈童言無忌〉裡說：

> ——我一直是用一種羅曼蒂克的愛來愛著我母親的。她是個美麗的女人，而且我很少機會和她接觸，我四歲的時候她就出洋去了，幾次回來了又走了。在孩子眼裡她是遙遠而神秘的。有兩趟她領我出去，穿過馬路的時候，偶而拉住我的手，便覺得一種生疏的刺激性。——

姊姊比我活潑伶俐，討人喜歡。

所以我有記憶的開始，母親已和姑姑出洋去了。姊姊和我，成天就由保姆帶著，在院子裡玩。有時也上公園走走，或到親戚家玩玩。我從小就常發燒感冒，有時保姆帶著姊姊出門去，我只能留在家裡。小小年紀，我就覺得姊姊比我幸運，也比我活潑伶俐，討人喜歡。

那時姊姊和我最快樂的事是母親從英國寄衣服回來。保姆給我們穿上新衣服，彷彿過新年一般喜氣洋洋。有時母親還寄玩具回來，姊姊一個，我也一個。當時我們都還小，保姆照顧我們也周到，對於母親不在家中，似乎未曾感到太大的缺憾。後來年紀大了以後，回想母親自國外給我們寄衣服和玩具這件事，我才了解她當時的心情是何等的憂傷。

「要銳意圖強，務必要勝過我弟弟。」

母親和姑姑走後，我父親的生活更爲墮落了。原來養在外面的姨太太，也乾脆住進家裡來。成天出出進進的，都是那姨奶奶的姊妹淘，鶯聲燕語，好不熱鬧。

家裡來了那些客人，姊姊的保姆「何干」和我的保姆「張干」就把我們帶到院子裡玩。姊姊很愛盪鞦韆，因爲她比我勇敢。我在一旁看著，很羨慕，但不敢坐上去。姊姊還會纏著保姆說故事，唱她們皖北農村的童謠，但我一句也沒學會。姊姊後來在〈私語〉裡說，帶我的保姆「張干」，「伶俐要強，處處佔先」，領她的「何干」，「因爲帶的是個女孩子，自覺心虛，凡事都讓著她。」因此她說：「張干使我很早地想到男女平等的問題，我要銳意圖強，務必要勝過我弟弟。」

我姊姊早慧，觀察敏銳，那麼幼小的年紀，已經知道保姆的勾心鬥角，從而「想到男女平等的問題」。我雖只比她小一歲，對這些事卻一直是矇懂無知的，覺得保姆都差不多；無非是照顧我們起居生活，吃飽穿暖，陪我們玩耍，不讓我們去打擾大人的生活。

她的天賦資質本來就比我優厚。

所以，她「要銳意圖強，務必勝過我弟弟」這句話，我覺得是多解的。她不必銳意圖強，就已經勝過我了。這不是男女性別的問題，而是她的天賦資質本來就比我優厚。

——我弟弟實在不爭氣，因爲多病，必須扣著吃，因此非常的饞：看見人嘴裡動著便叫人張開嘴讓他看看嘴裡可有什麼。病在床上，鬧著要吃松子糖——松子椿成粉，攙入冰糖屑——人們把糖裡加了黃蓮汁，餵給他，使他斷念，他大哭，把隻拳頭完全塞到嘴裡去，仍然要。於是他們又在拳頭上擦了黃蓮汁。他吮著拳頭，哭得更慘了。——

姊姊在〈私語〉裡的這段描寫，如今我是完全不記得了。只有「多病」這件事，一直是記得的，因為多病，「她能吃的我不能吃，她能做的我不能做。」我從小在姊姊心目中的份量，從她這段描寫就很清楚的確定了。此後的人生進展，細節儘管曲曲折折，形貌變化多端，但生命的基調和方向，無非也就如姊姊描寫的那般，虛弱無奈的活了大半輩子。

姊姊並未寫出我們搬離天津的眞相。

我們在天津的童年，前後六年。一九二八年，我們又搬回上海來了。那一年姊姊八歲，我七歲。

關於我們搬回上海的原因，姊姊在她的散文裡從未寫出眞相。即使在她晚年寫的最後一本書《對照記》裡，也只有以下幾句簡單的描寫。

——他一直催她回來，答應戒毒，姨太太也走了。——

——我們搬到上海去等我母親姑姑回國。——

——我八歲搬回上海，正趕上我伯父六十歲（編案：應為五十歲）大慶，有四大名旦的盛大堂會，十分風光。——

雖然姊姊後來與我父親決裂，曾在文章裡把我父親寫得十分不堪，但到底還顧到他的基本尊嚴，沒把他搬離天津的原因寫出來。她在〈私語〉裡也僅說是父親的姨太太「把我父親也打了，用痰盂砸破他的頭。於是族裡有人出面說話，逼著她走路。」

其實眞正的原因是，我父親「官位」不保。他在津浦鐵路局那個英文秘書的職位雖然是個閑差，總算也是在我堂房伯父轄下的單位，他不去上班也就罷了，還吸鴉片，嫖妓、與姨太太打架，弄得在外聲名狼籍，影響我堂房伯父的官譽。**一九二七年一月，張志潭被免去交通部總長之職**，我父親失了靠山，只好離職。他丟了這個小小官差深受刺激，這才趕走了姨太太，寫信求我母親回國。我們於一九二八年春天搬回上海——因爲我舅舅一家都住在上海。

母親堅持送我們進學校接受新式教育。

我母親決定回國，最重要的原因當然是挽救她的婚姻。既然我父親答應戒除鴉片，不再納妾，她認爲這個婚姻還可以維持下去。她是個母親，當然想念兒女，想回來與我們一起生活。

另外一個重要的原因是：姊姊和我都已到了入學的年齡。我父母親都沒有上過學校，一直由家裡請私塾先生教學。父親對姊姊和我的教育，也堅持沿用私塾教學的方式。我們三、四歲時，家裡就請了私塾先生，教我們認字、背詩、讀四書五經，說些《西遊記》《三國演義》《七俠五義》之類的故事；後來也學英文和數學。

但我母親去英國遊學了四年，受到西方思想的影響，認為學校的群體教育才是健康、多元的教育，堅持要把我們送進學校接受新式教育。**她回國後，為了這個問題和父親爭吵多次，我父親就是不答應**。

後來我父親沒遵守承諾，又開始吸鴉片。母親對婚姻徹底絕望了，不再凡事聽從父親的意見，堅決要送姊姊去美國教會辦的黃氏小學插班入學六年級。姊姊在〈必也正名乎〉裡提到這一段：

——十歲的時候，為了我母親主張送我進學校，我父親一再地大鬧著不依，到底我母親像拐賣人口一般，硬把我送去了。——

辦離婚手續時，母親說：「我的心已經像一塊木頭！」

過了不久，我父母就離婚了。姊姊和我都歸父親監護和撫養，**但我母親在離婚**

協議裡堅持我姊姊日後的教育問題——要進什麼學校——都需先徵求她的同意；教育費用則仍由我父親負擔。

我的表哥黃德貽回憶說，我父母離婚完全是我母親採取主動，我父親根本不想離婚。但他當初要我母親回國曾答應兩個條件，「戒除鴉片」這個條件沒做到，自知理虧，無可奈何。我表哥說，**我母親請的是一個外國律師，辦手續的時候，我父親繞室徘徊，猶豫不決，幾次拿起筆來要簽字，長嘆一聲又把筆放回桌上。**律師看著我父親那個樣子，就問我母親是否要改變心意。我母親答說：

「我的心已經像一塊木頭！」

父親聽了這話後，才終於在離婚書上簽了字。

聽著父母吵架，起先是陌生的，漸漸我就害怕起來了。

我們剛從天津搬回上海時，母親和姑姑尚未回國，就暫住在**武定路**一條里弄裡的一所**石庫門房子**裡。過沒多久，母親和姑姑回來了，就搬到**現在的陝西南路**一處叫**寶隆花園的一幢歐洲式洋房**。屋頂是尖的，門前有個小花園，進了門有一個掛衣服擱雨傘的木櫥，客廳很寬大，還有個壁爐。那洋房共有四層，頂樓作爲貯物間。姊姊和我在樓梯間跑上跑下，起先很興奮，因爲母親和姑姑回來了，家裡熱鬧了許多。有時母親請朋友來玩，就在客廳裡彈鋼琴、唱歌，姊姊和我坐在一旁看著，覺得很快樂，很幸福。有母親在家，確實是不一樣了。那時母親三十二歲，穿著從歐洲帶回來的洋裝，看起來多麼美麗啊！姊姊偶而側過頭來看著我，對我俏皮的笑一笑，眨眨眼睛，意思似乎是說：「你看多好！媽媽回來了！」

但是幸福的日子沒過多久，父親和母親又開始吵架了。關於這部份，我姊姊的記憶是：

——他們劇烈的爭吵著，嚇慌了的僕人們把小孩拉了出去，叫我們乖一點，少管閑事。我和弟弟在洋台上靜靜騎著三輪的小腳踏車，兩人都不作聲，晚春的陽台上，掛著綠竹簾子，滿地密條的陽光。（〈私語〉）——

我的記憶則是院子裡養著一條大狼狗，姊姊和我常在那裡逗狗玩。突然就聽到從樓上傳來父母爭吵的聲音，越來越大聲。偶而還夾雜著我母親的哭聲和不知是誰摔破東西的聲音。張干和何干陪著我們，輕聲的說道：

「又吵起來了！」

我們雖然仍逗著狗玩，但我心裡很害怕。以前他們也一定吵過架，那時我還小，沒留下記憶。住天津的時候，母親出國去了，偶而聽到的是父親喝斥姨奶奶的聲音。回到上海來，聽著父母的吵架，起先是陌生的，漸漸我就害怕起來了。

姊姊從來沒有對我說過她的感覺，但我相信，她那時也一定是害怕的。

回復到天津時期：只有佣人和吸鴉片的父親，沒有母親。

不久我父親又開始吸鴉片，我母親鬧著要離婚。鬧了好久，我父親終於同意了。從復合到離婚，前後不到兩年。

我姑姑看不慣我父親的墮落，在我父母離婚後也搬了出去。我們這個家，回復到天津時期：花園，洋房，狗，一堆佣人，一個吸鴉片的父親，沒有母親。

那時姊姊已進了黃氏小學，住在學校裡。每逢假日，家裡的司機會去接她回家。父親仍然不讓我去上學。我在家裡更爲孤單了。以前私塾先生上課，姊姊會問東問西，現在剩下我自己面對私塾先生，氣氛很沉悶，我常打瞌睡。不然就假裝生病，乾脆不上課。

姑姑送父親住進中西療養院戒除嗎啡毒癮。

離婚這件事，對我父親的打擊可能是很大的。抽鴉片已經不能麻木他的苦悶，進而開始打嗎啡了。**他僱用了一個男僕，專門替他裝煙和打嗎啡針**。他的身體和精神日趨衰弱，神經也開始有點兒不正常。親戚朋友聽說這個情況，都不敢上門來看他了。

一九三一年的夏天，天氣很熱。有一天我父親只穿了一件汗衫和短褲，仍然嫌熱，就把一塊冷毛巾覆蓋在頭上，兩隻腳浸在盛滿冷水的腳盆裡。那時正放暑假，姊姊在家。父親看到我和姊姊，眼光呆滯，嘴裡不知咕噥些什麼。家裡的佣人看他那樣子都很害怕，擔心他會發生什麼事。我看了也很害怕，**以爲他快死了**。

後來佣人就打電話給姑姑，把情形說給她聽。姑姑來到我家，看見父親那呆滯的、奄奄一息的樣子，立即決定把他送到中西療養院去住院治療，戒除毒癖，挽救他的生命。

我姑姑是相信西醫的。她請了中西醫院裡一位名叫Lambert的法國醫生爲我父親主治。他當時採用的戒毒措施是替我父親注射鹽水針劑，藉以逐漸沖洗體內的嗎啡毒素。另外還用電療按摩他的手足，促進血液循環，使手足的功能恢復正常。

這樣大約治療了三個月，我父親才逐漸恢復健康，戒除了嗎啡的毒癮。不過鴉片他仍繼續抽著。

朱老師揑著喉嚨學女聲朗讀《海上花列傳》。

父親出院後不久，我們就搬到延安中路原名康樂村十號的一所小洋房裡。我舅舅家也住在那條里弄裡的明月新村，和我家只有幾步之隔。父親雖已和母親離婚，和我舅舅的來往並未受影響。我舅舅也是靠吃遺產的遺少，舅舅、舅母也都吸鴉片。父親把家搬到那裡，一方面是可以常去找我舅舅一起吸大煙聊天，另一方面是舅舅家孩子多，姊姊和我也可常去找表姊、表哥玩。

那幾年中，我記得姊姊**一到寒假就忙著自己剪紙、繪圖，製作聖誕卡和新年卡片**。她做這些事的時候，精神非常專注，細心，不許我在旁邊吵她。我知道她總是把自認最滿意的聖誕卡拿去姑姑家，請姑姑代爲寄給我母親。

姊姊就讀黃氏小學後，繼續在學校學彈鋼琴。後來還曾特別到一個白俄老師家學鋼琴，一周一次。但是我父親認爲學費太貴，姊姊每次向他要錢交學費，他總是遲遲挨挨，要給不給，後來姊姊就不再去了。

那時我父親延請了一位六十多歲的朱老師，在家裡教我唸古書。朱老師性情溫和，待人很親切。姊姊如果在家，也常和他談天說地。有一次，姊姊從父親書房裡找到一部《海上花列傳》，書中的妓女講的全是蘇州土話（吳語），有些姊姊看不懂，就硬纏著朱老師用蘇州口白朗讀書中妓女說話的對白。朱老師無奈，只得捏著喉嚨學女聲照讀，姊姊和我聽了都大笑不止。姊姊對《海上花列傳》的癡迷，就是從那時開始的。

寒假裡她自己編製了一份報紙副刊。

還有一次寒假，她仿照當時報紙副刊的形式，自己裁紙和寫作，編寫了一張以我家的一些雜事作內容的副刊，還配上了一些插圖。我父親看了很高興，有親戚朋友來就拿給他們看。

「這是小煐做的報紙副刊，」他得意的說。

親戚朋友當然也誇獎了姊姊的創作才華。

姊姊小的時候，個性是很活潑的。記得有一次父親請了許多親戚朋友來吃飯，我舅舅一家也都來了；他們家是女孩子多，另一位貴賓則帶了三個兒子來。最小的兒子生肖屬狗，小名就叫「哈巴」，長得很逗人，招人喜歡。姊姊和舅舅家的幾個表姊，不知怎麼商量的，在我們做遊戲時突然把「哈巴」搶了去，關在樓上一個房間裡。樓下的男孩子——哈巴的兩個哥哥、我表哥與我——幾次衝上樓去救「哈巴」，卻都不敵娘子軍的威力。**我姊姊發號施令，指揮若定，我們這幾個男孩子都不是她**

們的對手。後來因爲要開飯了，娘子軍才休兵，把可憐的「哈巴」放出來。

姊姊與舅舅家的表姊感情很好。放假回家就往她家跑，也常約她們一起去看電影、逛逛。那時她也常去姑姑家。從姑姑那裡可以知道母親在國外的情形。母親寫信給她，也都是寄到姑姑家轉的。

姊姊讀高一那年，我才讀小學五年級。

一九三四年，我姊姊已經是聖瑪利亞女中高一的學生。我父親這才答應讓我到學校去上學。因爲在家跟私塾先生學了一些根柢，我插班考試，進了協進小學讀五年級。這個學校不如聖瑪莉亞女中那麼高級。聖校是美國教會學校，和聖約翰大學附屬高中——中西女中——同屬姊妹校。學生全部住校，學費也很昂貴，校址在現在的中山公園以西穿過滬杭鐵路不遠的一座幽靜的西式建築裡。不過解放之後，聽說那裡已改爲工廠了。（一九五三年七月五日，聖瑪利亞和中西女中這兩所貴族女中合併成上海市第三女子中學，校址在中西女中舊址。）

不久，我父親再婚。我們這個平靜了一段時間的家，又開始紛擾起來了。

父親再婚前不知我後母也吸食鴉片。

一九三三年，房地產價格上漲，我父親的經濟情況好轉，原來已不大來往的親戚又開始走動。其中有三位姑表親往來得尤爲頻繁。一位姑父是交通銀行某分行的經理；一位是一家外商銀行的華買辦；另一位是律師。他們三家幾乎每天都有飯局或牌局，也幾乎每次都邀我父親去參加。後來就把我父親介紹給日商住友銀行的華買辦孫景陽做助手，處理與英美銀行和洋行業務的書信往來。父親在津浦鐵路局做過英文秘書，處理英文商業信函等事務還頗內行。外商銀行的華買辦，主要業務就是做投機、買賣股票、債券等等，我父親也從那裡學了一些實務。

因爲與**孫景陽**朝夕相處辦公，兩人的關係越來越親近，應酬也越來越頻繁。其中的一個姑父了解兩家的情況，就提議把**孫景陽父親庶出的一個女兒介紹給我父親**，並親自去做媒提親。

孫家是個大家庭。**孫景陽的父親孫寶琦**有一妻四妾，子女二十四人（八男十六女）。要介紹給我父親的這位庶出的女兒叫**孫用蕃**，**是孫寶琦的第七個女兒**，**當時已三十六歲**。據說她很精明幹練，善於治理家務及對外應酬。和她哥哥、姊姊的婚嫁比起來，攀上我父親這門親，似乎有些低就。

後來我們才知道，這位老小姐早已有阿芙蓉癖，因此磋跎青春，難以和權貴子弟結親。只是婚前我父親並不知道她有「同榻之好」。

「無論如何不能讓這件事發生」，但還是發生了！

這門親事很快就說定了。一九三四年夏天在禮查飯店（今上海大廈附近）訂婚，半年後就在華安大樓（現在的金門酒家）結婚。

父親再婚那天，姊姊和我都參加了。二伯父、二伯母、姑姑及舅舅一些人也都來了。姊姊和姑姑、表姊她們坐一起。我和表哥、堂哥、堂弟等人坐一起。那年姊姊十四歲，讀高一，我十三歲，讀小學五年級，都是最敏感的年齡。看著婚禮的進行，我想著遠在歐洲的母親，不知她那時在哪一個國家？生活過得好不好？是不是也有可能再婚？我也想到這位後母不知是個怎樣的人？我們一家以後要過著怎樣的生活？姊姊從來沒和我談過父親再婚的事，大概認為談不談都一樣吧？

許多年後，我才從〈私語〉裡看到她對父親再婚的感受是那樣的激烈：

——我父親要結婚了。姑姑初次告訴我這消息，是在夏夜的小洋台上。我哭了，因為看過太多的關於後母的小說，萬萬沒想到會應在我身上。我只有一個迫切

的感覺：無論如何不能讓這件事發生。如果那女人就在眼前，伏在鐵欄杆上，我必定把她從洋台上推下去，一了百了。──

後母慫恿我父親搬進有二十多個房間的大別墅。

後母進門後，我家的生活有了很大的改變。她確實想表現精明幹練、善於治理家務的手腕，不但抓緊日常生活開支，對佣人的工作也加以調整。我父親用的一些男僕和母親原來用的幾個女僕都被辭退了，把孫家原有的男女僕人補了一些進來。

對於住的方面，後母也有意見。她認爲現在的洋房太狹小，勸我父親搬家。正好我二伯父名下的別墅有一家房客搬走，房子空了出來。**那別墅是李鴻章給我祖母的陪嫁**。祖母在世時，二伯父一家、我姑姑及我父親都住在那裡。姊姊和我，也是在那座大別墅出生的。祖母去世後分遺產，別墅落在二伯父的名下。我父母搬去天津後，二伯父嫌它大，自己不住，一直都在出租。

那別墅位在現在泰興路（當時叫麥德赫司脫路）**和泰安路**（當時叫麥根路）**的轉角上**，隔著一條馬路就是蘇州河：過河就是閘北區。它是一幢清末民初蓋的房子，仿造西方建築，房間多而進深，後院還有一圈房子供佣人居住；全部大約有二十多個房間。住房的下面是一個面積同樣大的地下室，通氣孔都是圓形的，一個個與後院的佣人房相對著。平時這地下室就只放些雜物，算是個貯物間。

這樣的房子，本來應該是大家庭住的，我家只有四個人（佣人不算），住起來是嫌太大了。但我後母看過後，也不管房租有多貴，一直慫恿我父親搬進去。據我後來的猜想，我後母急於搬家，大概是覺得和我舅舅家離得太近了，對她不方便。

成長期結束了，但創傷還在成長。

搬進這樣的大房子，佈置家具等等，當然花了一大筆錢。那年我父親還在銀行做事，就快過四十歲生日了，後母當然極力張羅，務必風光氣派，讓我父親有面子，也讓親友覺得她確實很會治理家務。至於花掉多少錢，她是不去算計的。

我姊姊中學的最後兩年，就是在這所又老又大的房子裡渡過的。一九三七年秋，她和後母吵架，被我父親關在這房子的樓下。半年之後，她從這座她出生的房子逃了出去。

我們的成長期結束了。但是我們的創傷還在成長。

第三章 青春

——逃出我父親的家

「有我父親的家，那裡我什麼都看不起。鴉片，教我弟弟做〈漢高祖論〉的老先生，章回小說，懶洋洋灰撲撲地活下去。」

——張愛玲〈私語〉（一九四四年七月）

St. Mary's Chapel (East) 禮拜堂（東）　*Music Hall (South-east)* 音樂室（東南）　*The China Building (Alumnae Gymnasium) (South* 體育室（南）

Dining Hall (West) 膳堂（西）　*(Dormitory A) Twing Hall (West)* 第一宿舍（西）　*Dodson Hall (Administration & Class Room Building) (Nort* 辦公處及各級教室（北）

▲張愛玲就讀的聖瑪利亞女校，是美國教會辦的貴族學校，學生一律住校。這是寬闊的校景之一角。（上海市檔案館提供）

culty House (North) Browning Hall (Science Building) (North-ea

教員住宅(北)　科學教室(東北)

(Dormitory B) Pott Hall (West)

第二宿舍(西)

▼聖瑪利亞女校的幽靜校門。(上海市檔案館提供)

Class of 1937

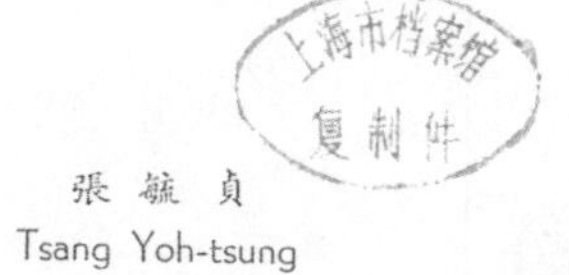

張 毓 貞
Tsang Yoh-tsung

張 愛 玲
Tsang Ai-ling

▲聖瑪利亞女校1937年的檔案之一——張愛玲和她的同學張毓信。（上海市檔案館提供）

▲聖瑪利亞女校的雅緻校舍。張愛玲在此渡過六年中學生涯。（上海市檔案館提供）

▶上海國泰大戲院。張愛玲假日常在這裡看電影。(雷驤提供)

▲聖瑪利亞女校雖是美國人辦的，學生的校服卻是中國旗袍。(雷驤提供)

▼張愛玲(後排左三)在聖瑪利亞女校上音樂課的情景。(雷驤提供)

▲ 1934 年 6 月，蔡楚生編導，王人美主演的《漁光曲》，在上海連演 84 天，主題曲也流行一時。

▶ 1937 年 8 月日軍進攻閘北，人群紛紛湧向租界。

◀張愛玲的母親裹過小腳，長大後卻一直穿高跟鞋；是勇敢的湖南女子。（取材自皇冠出版公司《對照記》）

▼黃家瑞回憶她的表姊張愛玲是一個「既熱情又孤獨的人」。(黃家瑞提供)

我父親與母親離婚後，姊姊和我的生活起初並沒有太大的變化。星期一早晨，姊姊坐我父親的汽車去學校，星期六司機又去接她回家。照料她的保姆何干，每星期三還爲她送去換洗的衣服和食物。逢到星期例假和寒暑假，姊姊回到家中，照樣做她愛做的事情。如自己動手繪製聖誕卡和賀年卡，看電影、看小說，到舅舅家聊天，和我姑姑也還保持一定的聯繫。我還記得那時父親要換汽車，聽從姑姑的建議，買了一輛英國車「獲素」Vouxhall，僱她用過的一位白俄司機。「獲素」是當時英國車的代表，大多是汽車玩家買的。但有一次姑姑陪我父親帶著姊姊和我，乘這輛車到閔行去遊覽，回途的時候汽車却突然走不動了。司機下車檢查，原來是電箱四周的電線接頭不牢，造成電箱脫落。我們下了車，看司機一時修不好，只好另外僱車回家。

我父親看出這個女兒有創作的天份。

我父親雖有不良的嗜好，但也很愛看書。他的書房裡有中國古典文學，也有西洋小說。姊姊在家的時候，沒事就在書房裡看書，也常和父親談一些讀書的感想。父親鼓勵她做詩、寫作；他那時也已看出這個女兒有文學創作的天份。姊姊在他指導之下，也眞的寫了一些舊詩。有幾首父親很滿意的，親友來訪他就拿出來給他們看。

父親再婚，並沒有問過我們的意見，我們心裡再不願意，也不能出口反對。後母三十六歲才結婚，一嫁到我家就要做兩個十幾歲孩子的母親，本來就是很棘手的。如果她能了解我家的情況，聽任事情的自然發展，不加干涉和過問，矛盾也許不會激化得那麼快。但她自以爲能左右我父親的意志，可以不按照父母離婚協議的有關條文進行，終於導致我姊姊逃出我父親家這個慘痛的結局。

姊姊寫〈後母的心〉，後母讀了很感動。

記得後母剛進門那段期間，和我姊姊表面上還保持著禮節性的見面招呼，偶而也有一些談論天氣和日常生活細節的話語。那年放暑假，姊姊在父親書房裡寫作文，寫完放在那裡，到我舅舅家去玩。後母無意中在書房看到姊姊的作文簿；上面的題目是〈後母的心〉，就好奇的看下去。

姊姊這篇文章，把一個後母的處境和心情刻劃得十分深刻、細膩，很感動人。後母看完也很感動，認爲姊姊這篇作文簡直就是設身處地，爲她而寫的。後來凡有親友到我家，後母就把〈後母的心〉這篇文章的大意說個不停，誇我姊姊會寫文章。其實我姊姊完全爲了習作，鍛鍊自己的寫作技巧，並沒有討好她的用意。我父親心知肚明是怎麼回事，但爲了使後母高興，也就隨聲附和，未加點破。在我父親的立場，當然也希望後母與我們保持親切友善的關係。不過我覺得，我們與後母只是保持著一種表面的禮貌，心裡的鴻溝是很難消除的。

姊姊的性格，是屬於內向型的，不會隨便說些巴結後母的話。其實她看到年齡比她大或比較陌生的人，一向話就很少，不擅於交際應酬。只有和表姊她們或年齡相仿的幾個要好的同學在一起，她的話才比較多。但是一談起她喜愛的小說、電影、劇本等等文學藝術的話題，她就逸興飛揚，侃侃而談。從她中學時期到她離家以後的幾年，我們每次見面，談的也都是小說和電影，很少談日常生活和親戚朋友。對於她的私生活或心事，更是絕口不提。

因爲太愛看書，她讀中學的時候就患了近視，戴著一幅淡黃色鏡架的眼鏡。平時的穿著也很隨便，經常穿的是一般女性都穿的旗袍。冬天則常穿著一件有皮領子的呢大衣，大約是我母親從國外帶回來的。

花貓闖禍驚好眠，我們爲牠向父親求情。

我們搬進麥根路向二伯父租住的大別墅後，姊姊有一些事給我留下很深的印象。

因爲那房子太大，房間又多，住的人還沒有老鼠多，夜裡睡覺就聽到老鼠四處亂竄，吱叫不休。於是佣人就去抱了一隻黑白相間的花貓回來，希望減少鼠患。後母從孫家請來的一個黃姓女僕是紹興人，小脚伶丁，卻又很胖，她很喜歡貓，那隻花貓就由她負責餵食，有時也替牠洗澡、抓跳蚤。

我姊姊也很喜歡那隻花貓，回家來常逗牠玩。牠不知從哪裡找到一隻彩色的乒乓球，最愛追這隻球爲樂。球殼內似乎裝了沙粒，滾動起來沙沙作響，花貓聽了越發興奮，追逐得更爲起勁。我們常常看牠玩這遊戲，還在一旁拍手叫好。

一天晚上，爲了讓牠抓客廳的老鼠，就把花貓關在客廳裡。女僕大概怕牠在那裡無聊，就把那隻球也放在客廳裡。大家安睡之後，花貓卻玩起那隻球來了。夜深人靜，花貓奔跑和球滾動的聲音顯得格外清晰，老鼠可能是不敢出來了，卻也把睡在樓上的父親和後母吵醒了。

我父親爲此大爲惱怒，第二天一定要那隻花貓趕走。姊姊和我一直爲那隻花貓求請，佣人也在一旁說那花貓會捉老鼠，父親才未堅持下去。不過，他把那隻惹禍的彩色球沒收了。後來那隻花貓就無精打彩的，常趴在後院裡靜靜的曬太陽。

教小胖唱〈漁光曲〉教了一上午。

還有一次吵到我父親及後母睡覺是教小胖唱〈漁光曲〉。小胖也是我後母僱來的小丫頭，因爲長得胖，大家就叫她小胖。暑假的時候，姊姊一早起來就彈練鋼琴。大概是基本功反復彈練厭煩了，正好看到小胖，就想起教小胖唱歌。一九三四年六月，王人美主演的電影〈漁光曲〉在上海上映曾連演八十四天，收音機裡差不多每天都在播它的主題曲，我姊姊就決定教她唱這首歌。可是小胖不識字，天資也不聰明，開頭兩句「雲兒飄在天空，魚兒藏在水中」，教了差不多整整一上午，還是不會唱。但這卻把我父親和後母吵醒了。不用說，父親又大爲惱怒，把小胖叫去大罵了一頓，又叫我姊姊以後早上不許彈練鋼琴。

她愛吃紫雪糕，爆玉米花，山芋糖，掌雞蛋，合肥丸子。

姊姊喜愛吃的菜餚和零食，大多是甜的。我們到外面去，她一定要買紫雪糕和爆玉米花。在家裡，她愛吃有個老女僕做的山芋糖。做法很簡單：把生山芋切成片，抹上糖汁，放在油鍋裡煎炙，再加幾粒花生米在上面。撈出冷卻，就是一道好吃的甜點。姊姊放假回家，佣人多會做山芋糖給她吃。

另外她愛吃的兩樣菜也很普通，一樣叫「掌雞蛋」，一樣叫「合肥丸子」。掌雞蛋和炒蛋差不多，不過是把雞蛋像攤麵餅一樣在鍋裡煎熟，盛到碗裡後又把碗倒扣在鍋裡，隔著水蒸一下就行了。合肥丸子是合肥的家常菜，只有合肥來的老女僕會做。方法其實也不難：先煮熟一鍋糯米飯，飯涼了後捏成一個個小團，再把調好的肉糜放進糯米團裡捏攏好，大小和湯圓差不多。然後把糯米團放在蛋汁裡滾過，再放進油鍋煎熟。除了姊姊，父親和我及家裡的佣人也都很愛吃這道合肥丸子。

常常便秘，每次灌腸都是如臨大敵。

姊姊的健康情況比我好，沒生過什麼大病。**但她有個毛病是我沒有的，就是便秘**。不知是因爲偏食抑或後母來後情緒受影響，她常常便秘。寒暑假裡，我常看到她爲了通便服用ENO果子鹽，但不大能解決問題。要想暢快地排洩一次，就必須借助於灌腸；每次灌腸，都是如臨大敵，非常緊張。

姊姊的中學同學，我只見過兩個。她們都住同一寢室。一個姓吳，她家離我家不遠，暑假時常帶著她的弟弟來我家。姊姊和她的同學聊天，我就和她弟弟玩。有時我們一起打網球。

她的另一個同學，就是後來姊姊的老師汪宏聲在〈記張愛玲〉一文中提到的**張**

如謹。她家在鎮江，寒暑假都回家住。但寒暑假中，她總要抽空到上海一兩次，來找姊姊聊天。每次一聊就是好幾個小時。張如謹也喜歡文學，姊姊在〈存稿〉一文中曾提到她：「我有個要好的同學，她姓張，我也姓張；她喜歡張資平，我喜歡張恨水，兩人時常爭辯著。」她是聖瑪利亞校刊《鳳藻》的編輯，高中的時候就寫過一部長篇小說《若馨》，姊姊還在校刊上寫過一篇《若馨評》。根據汪宏聲的說法，張如謹後來結婚了，不再寫作；而我姊姊「在畢業年刊上的調查欄裡，關於『最恨』一項，她寫：『一個天才的女子忽然結了婚。……』」

對於生活周遭的細屑瑣事，她常常是視而不見的。

我姊姊在學校的情況，我當然是不清楚的。後來讀到汪宏聲的文章，才稍有了解。

——唱到張愛玲，便見在最後一排最末一只座位上站起一位瘦骨嶙峋的少女來，不燙髮，衣飾也並不入時，走上講台來的時候，表情頗爲呆滯。——

——於是我知道愛玲因了家庭裡某種不幸，使她成爲一個十分沉默的人，不說話，懶惰，不交朋友，不活動，精神長期的萎靡不振。說起懶惰，她是出名欠交課卷的學生。——

——她不知修飾，她的臥室是最零亂的一間。——

汪宏聲還提到**姊姊曾經寫過兩首打油詩**。

第一首：

鵝黃眼鏡翠藍袍，一步擺來一步搖。
師母裁來衣料省，領頭只有半寸高。

第二首：

先生善催眠，噓噓莫鬧喧。
袖手當旁坐，白眼望青天。

汪宏聲的這些描寫，和姊姊在家的情況相去不遠。對於不喜歡做的事，姊姊確是無精打彩，能拖就拖。但是對於看小說、電影、畫圖、寫作等等喜歡的事，她全省貫注，全力以赴，從不需要別人叮嚀提醒。

至於臥室零亂，那也毫不足怪。我們一直有專用的保姆照顧，連一條手絹也沒摺過，更不用說收拾房間了。

不過，最重要的是，姊姊是一個專心追求精神生活的人，對於生活周遭的細屑瑣事，她常常是視而未見的。

與二伯父打宋版書官司打輸了。

姊姊讀高二那年，我們與二伯父的爭產官司失敗，這件事她倒一直是留意著。一九一二年我祖母去世時，父親十六歲，姑姑十一歲。房產、地產雖照祖母的遺囑分妥，但以父親、姑姑年齡尚輕，名下分得的產業都由二伯父託管。

一九二八年我們由天津搬回上海，姑姑也與母親從英國回來了，才正式與二伯父分析遺產。房屋、地產、不動產都有契據，容易分割清楚，我祖父留下的一批宋版書則引起了糾紛。當時宋版書已很值錢，全部在我二伯父手中。我姑姑認爲那也是遺產的一部份，應作三等份分配，不該由我二伯父獨得。二伯父不願照辦，就發展成我父親與我姑姑一方、我二伯父一方的爭產官司。當時二伯父延請的律師是汪子健，父親與我姑姑的律師是李次山。

訴訟期間，證據對我父親及姑姑是有利的。但二伯父請的汪子健是個經驗豐富的老律師，他建議分化我姑姑與我父親。他們認爲姑姑的態度比較堅決，不易妥協，我父親的態度則比較動搖，似有商量的餘地。於是一方面由律師給當時擔任推事的法官和庭長一筆錢打通關節，一方面由二伯向我父親做工作，亦答應給他一筆錢作交換條件，向法庭自動聲請撤銷告訴。我後母也在旁說項，勸我父親接受二伯父的條件。我姑姑雖未撤銷告訴，但經此轉折之後，這件官司最後判我二伯父勝訴。姑姑後來知悉詳情，一直怪我父親背判了她這個親手足，以後就很少來我家走動了。

表妹黃家瑞說我姊姊是「一個既熱情又孤獨的人」

一九三七年夏天，姊姊從聖瑪利亞女校畢業。她向父親提出要到英國留學的要求，但被拒絕了。父親那時經濟狀況還沒有轉壞，但他和後母吸鴉片的日常開支太多，捨不得拿出一大筆錢來讓姊姊出國。姊姊當然很失望，也很不高興，對我父親及後母的態度就比較冷淡了。

後來我才聽說，我母親爲了姊姊出國留學的事，一九三六年特地回上海來了。她託人約我父親談判姊姊出國的問題，父親卻避而不見。不得已，才由我姊姊自己向父親提出的。結果不但遭到拒絕，還受到我後母的冷嘲熱諷。我姊姊受傷最深的就是她在〈私語〉中寫後母罵我母親的話：

——你母親離了婚還要干涉你們家的事。既然放不下這裡，爲什麼不回來？可惜遲了一步，回來只好做姨太太！——

不久日軍攻擊閘北，八・一三抗日戰爭爆發。我們每天看見人群爲了躲避日軍的砲火，不斷地從閘北湧向租界。夜裡還聽到砲聲隆隆，無法安眠。我舅舅家那時剛從蕪湖搬回來，住在淮海中路的偉達飯店，母親也住在那裡，就派人來把我姊姊接過去，在那裡住了兩個禮拜。

我的表妹黃家瑞回憶說，我姊姊是「一個既熱情又孤獨的人」。和她們姊妹一起玩的時候，姊姊也很放得開，尤其和她的三姊黃家漪，聊起天來更是嘻嘻哈哈，有時笑得很大聲。可是一九三七年初秋和她們同住那段時間，姊姊情緒很低落，不愛說話。就是說話，也總是細聲細氣的。她常常拿個本子，靜靜的坐在一旁，側著臉看人，給人畫速描。不然就低著頭，在那兒寫小說。除了畫圖和寫作，她不做別的事。

我姑姑發誓說：「以後再也不踏進你家的門！」

後來姊姊回家來了。她走的時候雖讓我父親知道，卻沒跟後母說一聲。兩人心裡都有疙瘩了。她一回來，後母就開罵，打了她一巴掌。姊姊拿手去擋，後母卻說姊姊要打她，上樓去告狀。我父親不問青紅皀白，跑下來對我姊姊一陣拳打腳踢，把我姊姊打得倒地不起還不罷手。幸虧我祖母留下的老佣人何干不顧一切去把他拉開，姊姊才沒有眞的被他打死。（他打我姊姊時嘴裡一直說著：今天非打死你不可！）

我姊姊當著全家大小受這一頓打，心裡的屈辱羞恨無處發洩，立即想要跑出去。但我父親已下令那兩個門房不准開門，連鑰匙也沒收了。何干偷偷打電話去我舅舅家，第二天我舅舅和我姑姑來爲我姊姊說情，順便再提讓我姊姊出國的事。結果說情無效，我後母又在一旁冷言熱語的，我父親和我姑姑一來一往都不善罷干休，竟至兄妹扭打起來了。我姑姑的眼鏡被打破，臉上受了傷，一直在流血。我舅舅拉著她，要她趕緊上醫院去。我姑姑臨走發誓說：

「以後再也不踏進你家的門！」

老女僕何干的忠告扭轉了姊姊的一生。

我姑姑和舅舅走後，姊姊就被軟禁在樓下的一間空房間裡。那段日子，我也不大敢到她房裡去看她。因爲我父親下令，除了照料她生活起居的何干，不許任何人和她見面、交談；也囑咐看守大門的兩個警衛務必看緊，不許我姊姊走出門。

姊姊在那空房裡也沒閑著，偷偷地爲她的逃走做準備。每天清晨起來後，她就在落地長窗外的走廊上做健身操，鍛練身體。後來她得了痢疾，身體虛弱，每天的健身操才停了。

我父親從何干那裡知道我姊姊患了痢疾，卻不給她請醫生，也不給她吃藥，眼見得病一天天嚴重。姊姊後來在〈私語〉裡把她被軟禁、生病、逃走的經過寫得很清楚，但不知是有意或無意，**她漏寫了一段，就是我父親幫她打針醫治。**

原來何干見我姊姊的病一日日嚴重，惟恐我姊姊發生什麼意外，她要負連帶責任。她躲過我後母的注意，偷偷的告訴我父親，並明確表明我父親如果不採取挽救措施，出了事她不負任何責任。何干是我祖母留下的老女僕，說話比較有份量。我父親也考慮到，如果仍撒手不管，萬一出了事，他就要背上「惡父」害死女兒的壞名聲，傳揚出去，他也沒面子。

於是父親選擇了消炎的抗生素針劑，趁後母不注意的時候到樓下去爲我姊姊注射。這樣注射了幾次後，姊姊的病情控制住了。在老保姆何干的細心照料和飲食調養下，姊姊終於恢復了健康。

我寫出姊姊漏寫的這一段，並不是爲我父親辯白，事實上他不過是爲了保護自己的名聲而不得不採取挽救的措施。但何干給我父親的忠告，是眞正地立了一大功。

如果沒有何干這個關鍵性建言，中國的文壇也許就沒有「張愛玲」了。

在英文《大美晚報》發表被禁及出逃的經過。

我知道姊姊一直在爲逃走做準備，但不敢去告訴父親。一九三八年初，將近舊曆年的時候，我姊姊趁兩個警衛換班的空檔，偷偷地逃走了。何干受她的連累，被我父親大罵了一頓。不久之後也就離開我家，回皖北養老去了。

何干不但在挽救我姊姊的生命上有功，在協助我姊姊逃走一事上也扮演了關鍵性的角色。一九四五年我姊姊在《天地》月刊第十九期發表〈我看蘇青〉時，曾有如下一段文字：

> ——從父親家裡跑出來之前，我母親秘密傳話給我：你仔細想一想，跟父親，自然是有錢的，跟了我，可是一個錢都沒有，你要吃得了這個苦，沒有反悔的。……當時雖然被禁錮著，渴想著自由，這樣的問題也還使我痛苦了許久。後來我想，在家裡，儘管滿眼看到的是銀錢進出，也不是我的，將來也不一定輪得到我，最吃重的最後幾年的求學的年齡反倒被耽擱了。這樣一想，立刻決定了。
>
> ——

這裡提到的傳話者，就是何干。但她在〈私語〉裡只說：

——何干怕我逃走，再三叮嚀：『千萬不可以走出這扇門呀！出去了就回不來了。……——

「What a life! What a girl's life!」

姊姊逃到母親和姑姑的家後，何干還曾偷偷收拾了一些姊姊的紀念物給送過去。這個老女僕照顧我姊姊十多年，是眞心關懷著她的。

過沒多久，姊姊就把她被軟禁的經過寫成英文，投到《大美晚報》（Evening Post）發表。這是美國人辦的報紙，編輯還替她這篇文章定了一個很聳動的標題：「What a life! what a girl's life!」這是我姊姊第一次在報刊發表文章。一九四四年四月她與幾個女作家聚會時曾提到這件事：「第一次的作品是一篇散文，是自己的一點驚險的經驗實錄，登在一九三八年的英文《大美晚報》上。」

我父親一直是訂閱英文《大美晚報》的，自然看到了這篇我姊姊的控訴。他爲此又大動肝火，但脾氣發完了也無可奈何；到底我姊姊的文章已經發表了！一九四四年我姊姊在《天地》月刊第十期發表〈私語〉，把這件事又細說了一遍，我父親除了難堪與矛盾已經無法生氣——那時我姊姊已是上海最紅的作家了。

倫敦大學入學考試，姊姊是遠東區第一名。

姊姊投奔母親，增加母親的經濟負擔，但母親仍請了一個猶太裔的英國人，為姊姊補習數學，讓她參加倫敦大學遠東區的考試。據說當時的**補習費是每小時五美元**。我姊姊發奮圖強，考了個**遠東區第一名**。但是歐戰爆發，她沒能去倫敦入學，一九三九年改入香港大學。

我的表哥黃德貽回憶說，我母親和她的雙胞胎弟弟分遺產時，我舅舅分得房地產，我母親分首飾和骨董。一九二四年她第一次出國，一句英文也不會說，變賣了一些骨董，也帶走了一些骨董，就和我姑姑出國了。我姑姑也是帶一箱骨董出國的。我母親在國外學會了說英文，畫油畫，做雕塑。一九三六年她回上海後，有一次要幫我的二表姊黃家珍做塑像，但不知為什麼被我舅舅婉拒。

我表哥說，母親不愧是湖南人，是勇敢的摩登女性，**幼時裹過小腳，成年後卻一直穿著高跟鞋**。在國外她還學會了游泳，也曾和我姑姑去阿爾卑斯山滑雪。她回上海時，把她穿泳衣和滑雪的照片拿給大家看，很得意自己的勇氣。

母親的美國男友死於新加坡戰火。

另外我表哥還透露，我母親那次回上海，帶了一個美國男朋友同行。他是個生意人，四十多歲，長得英挺漂亮，名字好像叫**維葛斯托夫**。我姊姊是見過母親這男友的，但她從沒對我說過，也沒在文章裡提起。〈私語〉的結尾部份有兩句話很模糊；「看得出我母親是爲我犧牲了很多，而且一直懷疑著我是否値得這些犧牲。我也懷疑著。」「這時候，母親的家不復是柔和的了。」當時我看不懂這兩句話的涵意。聽我表哥這一說，我終於明白了。那年我表哥十六歲，對母親的事記得很清楚。

我母親的男友做皮件生意。一九三九年他們去了新加坡，在那裡蒐集來自馬來西亞的鱷魚皮，加工製造手袋、腰帶等皮件出售。

一九四一年底新加坡淪陷，我母親的男友死於砲火。這對她是很大的打擊。她在新加坡苦撐，損失慘重。一度行踪不明，與家人失去聯擊。後來才知她去印度，做過尼赫魯姊姊的秘書。

她帶回數十個箱子，裡面大多是皮件。

一九四六年，我表哥二十五歲，已自聖約翰大學經濟系畢業，在中央銀行工作，並且討了一個漂亮的同班同學做太太。我姑姑收到母親的信，說她要搭船回國了。

我母親回國那天，我表哥陪我姑姑及我姊姊去碼頭接船。表哥看到我母親走下船，戴著黑鏡，很瘦，形容憔悴。我姑姑在一旁說：

「哎唷，好慘！瘦得唷！」

我姊姊在一旁不作聲，只是眼眶紅了。

那天我母親帶回數十個箱子，裡面大多是皮件。一九四八年她又去英國，料理男友的遺物，後來又去法國，聽說領養了一個華僑的女兒。我姊姊在《對照記》裡說，母親一九五一年曾在英國的皮包工廠做女工，想做皮包賣，但似乎未成功。這件事我並不清楚。

我表哥說，我母親不喜歡男孩子，喜歡女孩子。礙於離婚協議她不能帶我姊姊出國。一九三六年她回上海爭取我姊姊到英國讀書，一方面是爲我姊姊教育著想，另一方面也是希望藉這機會把我姊姊帶在身邊。這個希望後來破滅，她曾向我舅舅說，**要帶我的表妹黃家瑞去英國，我舅舅沒答應，因黃家瑞是他女兒中最漂亮的。**

已有十多年沒有和母親吃過飯了！

聽我表哥回憶母親的往事，我心裡很難過。**以前她回國來，我姊姊要去姑姑家看她，而我總是被父親和後母拉住，不許去。**我為此哭鬧過很多次，他們還是不讓我去。一九三八年初姊姊逃走後，我在家裡很孤單，很想念她。那年放暑假，我就到她們的住處找我母親和姊姊，希望留在她們那裡住下來。我母親委婉的解釋她的經濟能力要供養我姊姊讀大學已經很吃力了，勸我要回父親的家，好好的讀書。母親說完這些話，姊姊和我都哭了。回到父親家，我又哭了好多次——**從此我和姊姊再也不能一起生活了。**

一九四七年我因公從揚州到上海，從我表哥處知道我母親回上海來了，住在**國際飯店**，我就趕去看她。她很高興的對我說，她馬上要搬到我姑姑家，叫我過幾天去吃中飯。那時我二十六歲了，差不多已有十多年沒和母親一起吃過飯。她問我要吃多少飯，喜歡吃些什麼菜，到時可以準備。

回想吃牛油拌土豆泥和菠菜泥的日子。

我姑姑那時剛搬到**南京西路梅龍鎮酒家弄堂內的重華新村**。到了約定的那天，我去到姑姑家，姊姊有事出去了，姑姑也去上班，只有母親在家。吃飯的時候，她一直注意我吃的飯量和愛吃的菜是否符合我對她講的。她還不時問我工作的情況，教導我應當怎樣對待上司和同事。**這頓飯無疑是上了一堂教育課**，自始至終我總是戰戰兢兢回答她的提問，以及唯唯稱是地聽著她的教導。那個時刻，我想到她尚未和我父親離婚前，對姊姊和我的飲食營養很注意，常叫我們吃牛油拌土豆（馬鈴薯）泥和菠菜泥。我雖不愛吃，也只好把它們當藥一樣吃下去。

過了幾天，我舅舅過生日。我平時隨便慣了，見到我舅舅，只口頭向他祝壽，沒有行跪拜之禮。後來我母親趁沒人注意時就責備我不懂禮貌，對長輩不夠尊敬。我這才認識到，我母親雖然長年住在國外，習慣了西方的生活，卻沒忘記中國舊社會的封建禮儀。

她們相繼出走，都沒有再回頭。

一九四八年我從無錫回到上海，又去看我母親。那時我父親及後母已淪落到搬至十四平方米的小屋了。我勸母親回上海來定居，找一個房子，把姊姊也接過來同住，以後我回上海也可有個安身之處。母親淡漠的說：「上海的環靜太骯髒，我住不慣，還是國外環境比較乾淨，不打算回來定居了。」

我當時認爲這個理由很勉強，很想問她是否在國外有了要好的男友或準備在國外再婚？但又覺得這樣問很不禮貌，也就沒說出口。哪曉得那時她心愛的男友已經死於戰火了呢？又哪曉得不久後我母親又出國；那次的見面，竟是永訣！

一九三八年，我姊姊逃出了我父親的家。一九四八年，我母親逃出了中國。

她們都沒有再回頭。

《禮拜六》雜誌是鴛鴦蝴蝶派的大本營之一。其封面和內容，走通俗消閒路線。圖為丁悚所作的趣味漫畫。

第四章

早慧

——發展她的天才夢

「寫小說，是爲自己製造愁煩。我寫小說，每一篇總是寫到某一個地方便覺得寫不下去了……一班文人何以甘心情願守在『文字獄』裡面呢？我想歸根究柢還是因爲文字的韻味。」

——張愛玲〈論寫作〉（一九四四年四月）

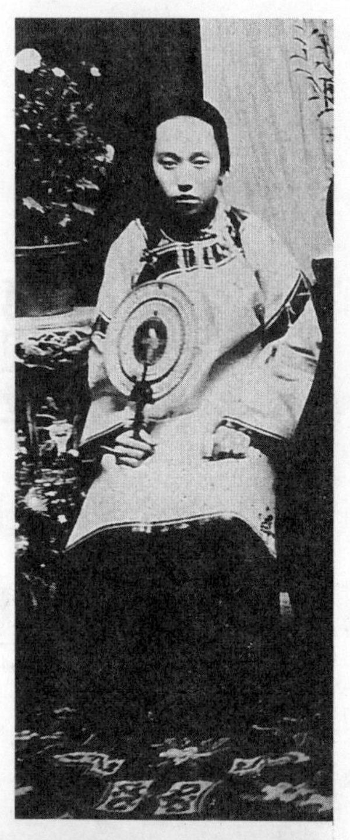

◀張愛玲的外祖父黃宗炎與元配婚後無出，回長沙鄉下買了這個姨太太，生下她母親及她舅舅一對雙胞胎。
（取材自皇冠出版公司《對照記》）

◀張愛玲的母親(左)自幼喪母，由大媽媽撫育成人。大媽媽思想守舊，18世紀末還爲她纏足。
(取材自皇冠出版公司《對照記》)

▲張愛玲畫的兜風，線條簡潔，頗具現代感。

再發言。於是有了準備，就不怕敵人回擊。

第二是他戰鬥的方法，特點當然是他的諷刺和幽默，可是他的諷刺和幽默，並不是損性，而是一種有力的寫實。有人不是說過：他是個旁觀者，站在路旁邊看人來去，他祇是冷冷靜靜地不做聲，偶然地對你望一眼，可是這一眼就使你明白他知道你的也許比你自己知道得更清楚些。例如常聽人說杭州雷峯塔倒了，最多不過惋嘆少了個古蹟，而魯迅卻用巧妙的手段，將中國人的籠統主義十全主義痛切地說了一下。他說：中國有許多人都患了這種「十景病」，隨便什麼，總喜湊滿十樣，如點心有十樣景，菜要有十大碗，甚至陰間閻王那裏也有十大殿。宣佈起人的罪狀來，有了九條，也總不甘心，非得湊滿十大罪不可。所以聽說雷峯塔倒了，許多人就嘆息，「西湖十景這可缺了一景了呵」！像這樣的文章是引誘人不得不讀下去，而受著刺激，來深深思索一下的。魯迅先生非但和青年說明了問題的現實性，他而且使青年知道怎樣去分析實現，和怎樣去奮鬥將來。

正如茅盾先生所說：『如果我們把他僅僅當作民族文化史上的「偉人」來研究，他在地下一定要說我們「太乏」；我們必須說明：他是「民族解放鬥爭的象徵，他是「中國民族有前途的明顯的保證」。』魯迅先生雖死了，是一班被他看重的青年們：應怎樣記住他戰鬥的精神、和他戰鬥的方法，以及他對青年們的一片希望，而共同背負起這改革社會的使命來！

論卡通畫之前途

高三　張愛玲

卡通畫這名詞，在中國只有十年以下的歷史。但是，大概沒有一個愛看電影的人不知道華德狄斯耐的「米老鼠」吧？——「卡通」(Cartoon)的原有的意義包括一切單幅諷刺漫畫，時事漫畫，人生漫畫、連續漫畫等，可是我在這裏要談的卡通是專指映在銀幕上的那種活動映畫。

卡通畫的事業現在可以算很光明燦爛了。畫片除了配音之外，又加上絢爛的色彩；米老鼠的畫像成為聖誕的商店裏最好的點綴；有許多觀眾上電影院去專為看米老鼠。可是，讓我們試問大多數的觀眾們，卡通畫在他

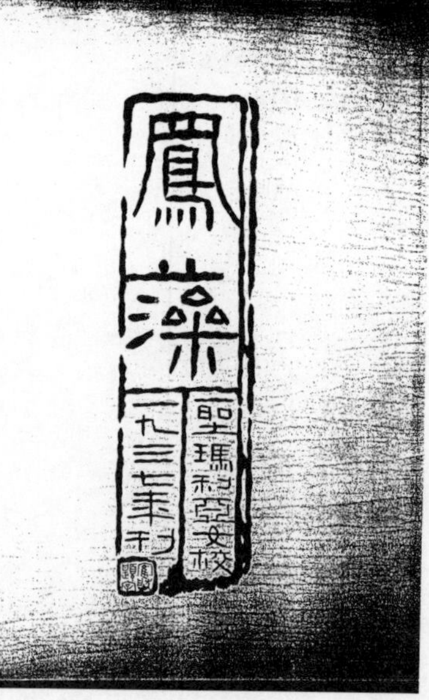

5

們心目中究竟佔着一个什麼地位？聽聽他們的回答吧！
「卡通是電影院中在映完新聞片之後，放映正片之前，佔去一段時間的娛樂，特為孩子們預備的。它負着取悅孩子們的使命，所以它必須要滑稽突梯，想入非非。我們不要它長，因為畫出來的人物多着了要頭暈。我們很贊成狄斯耐先生把許多名聞世界的古老的童話搬上銀幕，因為孩子們比較喜歡看活動的映畫，不愛看書本中的呆板的插畫。」那些好萊塢的卡通畫家竭力想迎合觀眾的心理，提高他們的作品號召力，於是他們排了隊出發去搜尋有趣的童話，神話。滑稽的傳說：如「玻璃鞋，」「小紅風帽」之類，都是最可珍貴的材料。不過，近來這材料漸感缺乏，卡通畫家們正感到無路可走的徬徨的苦悶。我們可以看見，在最近上映的幾張卡通中，製作者們不得不借助美妙的音樂的伴奏來強調畫面的動作，補救畫面的空虛，結果輕重倒置，圖畫倒成了附庸在音樂之下的次要品了。即使古老的仙人故事的題材不缺乏，即使觀眾對於陳舊的米老鼠不感到厭倦，難道我們把這驚人的二十世紀美術新發明——卡通畫——用來代替兒童故事的插畫，就以為滿足了嗎？

決不。卡通畫是有它的新前途的。有一片廣漠的豐肥的新園地在等候着卡通畫家的開墾。未來的卡通畫決不僅僅是取悅兒童的無意識的娛樂。未來的卡通畫能夠反映真實的人生，發揚天才的思想，介紹偉大的探險新聞，灌輸有趣味的學識。譬如說，「歷史，」它就能供給卡通數不盡的偉大美麗的故事。這些詩一樣的故事，成年地堆在陰暗的圖書館裏漸漸地被人們遺忘了；死去了：只有在讀歷史的小學生的幻想中，它們有時暫時蘇醒了片刻。卡通畫的價值，為什麼比陳列在精美的展覽會博物院裏的古典的傑作偉大呢？就是因為它是屬於廣大的熱情的羣眾的。它能夠把那些死去了的偉大的故事重新活生生地帶到羣眾面前。一个好的歷史卡通必須使讀過歷史的與未讀過歷史的人全懂得，而且必須引起他們的興趣。將來，當卡通畫達到它藝術的頂峯的時候，現在的這種滑稽的神話式的卡通並不會消滅，可是它只能在整个的卡通界中佔着小小的一席地，「聊備一格」而已。

我真真高興，當我幻想到未來，連大世界，天韻樓都放映着美麗的藝術的結晶——科學卡通，歷史卡通，

▲張愛玲在聖瑪利亞就讀期間，曾在該校校刊《鳳藻》、《國光》發表不少散文與小說習作。這是她畢業那年在《鳳藻》發表的最後一篇文章。（上海市檔案館提供）

▲張愛玲的姑姑曾在英商怡和洋行工作。這是怡和在上海的雄偉外觀。

◀張愛玲喜歡的中國演員包括趙丹（右）與顧蘭君（左）。這是趙、顧1934年在《上海二十四小時》的劇照。

我姊姊的文學才華和成就，實在毋需我再費辭。父母生育我們二人，她自小就展現對文學的特殊興味，靈敏慧黠，深得長輩喜愛。我則體弱多病，心智魯鈍。加上我母親的堅持，她受教育的過程比我順利：一步一階走上去，從來沒有延誤。我們相差一歲，但我就讀小學五年級的時候，她已經是高一的學生了。在先天體能上，我不如她。在先天智能上，我們的距離更有若天淵：她是一個天才，我則只是一個庸才！

——我是一個古怪的女孩，從小被目爲天才，除了發展我的天才外別無生存的目標。——

姊姊在〈天才夢〉裡的這句話，十分抽象，但也十分貼切。在她發展天才夢的過程中，我母親與我父親的角色是推動者。我姑姑的角色則是照顧者。這三個人對姊姊文學志業的發展，每一階段都有很深的影響。至於我，我是一個見證者。而且如今是，唯一的倖存者。

「不要慌，裡頭還有一個！」

我姊姊的性格，受我母親影響很大。而我母親的性格，則源於她特殊的身世。

我母親黃素瓊（後來改名黃逸梵；英文 YVONNE）原籍湖南長沙。她的祖父黃翼升自幼父母雙亡，由鄧氏收養。及長從軍，受曾國藩之召入其麾下，在湘軍中以英勇善戰著稱。

黃家三代單傳。黃翼升的獨子黃宗炎（我們的外祖父），婚後無所出。當時他們住在南京，就回長沙鄉下買了一個姨太太；後來生下我母親和舅舅這對雙胞胎。

一八九四年黃翼升去世，享壽七十六歲。外祖父黃宗炎曾在科舉考試中舉，就承襲了其父的爵位，獲派出任廣西鹽法道道台。廣西瘴氣重，據說當地有錢人都吸鴉片以避瘴氣。外祖父不吸鴉片，去廣西上任一年就因瘴氣而亡，得年僅三十歲。

外祖父死後，姨太太在南京臨盆。沒有生育的大外祖母非常緊張——如果生個女的，黃家的香火豈不無以爲繼？

我母親落地之後，大外祖母一聽是個女的，絕望得立時昏倒在地。傭僕一陣驚亂之中，卻聽產婆在屋裡說：「不要慌，裡頭還有一個！」

這一個就是我舅舅黃定柱。可惜他們的母親後來感染肺癆，二十多歲就棄世。母親和舅舅，都是由大外祖母撫養成人。大外祖母一九二二年在上海過世。

母親深恐姊姊再受男女不平等之苦。

因為我母親先出生，後來舅舅家的孩子都喊她「伯伯」；喊他們的父母親則是「叔叔」、「嬸嬸」。我家後來也沿用他們的方式，叫我姑姑「伯伯」，叫我父母「叔叔」、「嬸嬸」。但在我母親的成長過程中，大外祖母仍免不了有男尊女卑的傳統思想，使我母親的性格深受影響。譬如說，她自小飽受纏足之苦，而我舅舅則可以在花園裡玩皮球。纏足之辱，是母親一生最大的恨事。

又譬如受教育，她也受到不平等待遇。我的外祖父自他父親處繼承了很多遺產：除了房產地產，在南京還有一個祠堂專門放置骨董，僱有專人管理。我母親後來幾次出國以及她在國外的生活費用，大多是靠她分得的骨董。**我表哥黃德貽記得**，我母親每次回國再出國，**「就帶走一兩箱骨董」**。之所以如此，最主要的原因就是我母親沒有接受學校教育，無法以文憑或知識在外謀生。

我的大外祖母經濟富裕，養育姨太太留下的兩個孩子也盡心盡力，自小就在家中為他們延師授課，倒無男女之別。不過我舅舅後來進入震旦大學就讀，我母親就沒有那麼幸運；因為那時她必須像一般的舊式婦女，接受家裡的安排，嫁入一個門當戶對的家庭。

我大外祖母去世後，我母親擺脫了上一代的宰制，才能獨立的審視她與我父親的婚姻關係，並且勇敢的遠走國外，學習英文、法文，進入美術學校學習繪畫和雕塑。她和我父親離婚時，堅持擁有我姊姊的教育決定權，就是深怕我姊姊又受到男女不平等的噩運。

從表面上看來，我母親似乎對我漠不關心。但這不是因爲她不愛我，而是她認爲一個「兒子」在傳統的中國家庭裡一向享有較高的地位；「他」的教育權、財產權都受到家庭的保障，不需她爲我爭取權益。

文憑和知識才是獨立自主的力量。

我母親**幼年就失去了親生父母**，這對她的性格也有很大的影響。大外祖母雖然克盡職責，到底不是生身母親。但仰仗大外祖母生活，就必須尊敬她，凡事順從她。在我母親成長的那個年代，這是別無選擇的。她眞正的親人只有我舅舅，但舅舅和她又有男女不平等的問題。在成長的過程中，我母親的心情必然是很壓抑、很苦悶的。也許她也曾寄望藉著婚姻擺脫在娘家的壓抑和苦悶，可惜這個寄望最後也完全幻滅了。身世飄零，心境孤獨，在國外過著賣骨董維生的日子，她一定深深體會到親人不可依，先人也不可依——**骨董總有賣完的一日**。

文憑才是眞正的財富，知識才是獨立的力量，這是我母親從自身經驗得到的深刻體悟。在培育我姊姊的天才夢進程中，這種體悟煥發出來的母性光采，完全迥異於一個傳統中國母親的角色。我姊姊很小的時候，她就教她認字；如我姊姊在〈私語〉裡寫的：「每天下午認兩個字之後，可以吃兩塊綠豆糕。」

稍大一點，她就教她背誦唐詩絕句。教她畫圖。她教的是中國的東西，但她的出發點是西方的。對我姊姊的教育，她從未放鬆，每一階段都適時的抓緊，幾次回國也都是爲了我姊姊的教育問題。她可說是推動我姊姊天才夢的第一要角。

從《孽海花》認識祖父張佩綸。

相對於我母親的西化，**我父親是完全中國的**。他和我母親一樣沒上過學校，但家塾的教育較完整，古書讀得多，也能讀英文小說。他的舊學根柢好，和我祖父張佩綸當然有很大的關係。祖父「少工駢儷文，才思敏捷，下筆千言」，自中法之戰馬尾一役罷官後就以讀書寫作自娛，藏書極豐。我父親一生不事生產，中年以前的大半時間都在書房裡消磨。他的歷史知識很豐富，也熟知近代的掌故和軼聞。《紅樓夢》、《海上花列傳》、《金瓶梅》、《醒世姻緣》、《水滸傳》、《三國演義》、《老殘遊記》、《儒林外史》、《聊齋誌異》、《官場現形記》以及《歇浦潮》、張恨水的長篇小說等等，都是我姊姊在他書房裡找來讀的。

我們童年時，對上一代的事完全不了解，父母也從不提起。我記得第一次聽到祖上輝煌是父親和他的朋友在書房裡談《孽海花》。這本以清末的士大夫、政客、官僚、學者爲主角的小說，從一九〇三年開始發表第一回，至一九三〇年發表最後一回；前後費時二十七年。一九二八年一月出版初集（第一至第十回）和二集（第十一至二十四回）；一九三一年一月出版三集（第二十一至三十回）。由於裡面影射的人物太多，一九一六年就有強作解人等做了「人名索引」及「人物故事考證」。後來的許多年，《孽海花》一直是清朝遺老遺少茶餘飯後最愛閑聊的一本書；以現代的說法就是「對號入座」。

「莊崙樵」影射張佩綸，「威毅伯」影射李鴻章。

我聽到父親和朋友閑聊《孽海花》，就是在一九三一年一月三集出版之後。那年我已經十歲，才知道我祖父叫張佩綸，外曾祖父叫李鴻章。後來我就把《孽海花》找來看，從人名索引裡知道「莊崙樵」就是影射張佩綸；威毅伯就是影射李鴻章。姊姊放假回到家，我立刻把這本書拿給她看。她如獲至寶，讀得津津有味，對於我第三祖母（李鴻章的女兒）嫁給我父親的那段軼事，尤其好奇，一直纏著我父親追根問柢。

我父親離婚至再婚的三、四年間，可說是我們與他最親近的一段時間。我記得姊姊放學回家，多在他的書房看書，和他閑談她對哪一本小說的看法。父親細心的聽著，也會把他的看法說給她聽。他們閑談的時候，我都在一旁聽著。我記得姊姊最愛談的是《紅樓夢》。曹雪芹創作這部書的時代背景，他的家庭，以及書中主要人物的刻劃，我父親都曾詳細的分析給她聽。關於高鶚的續作，他們談論得最多。姊姊上高中那年的暑假，提出了兩個疑點：一、高顎在續作中對某些主要人物的形象描寫，與原作相差太多；二、原書開頭寫寶玉夢中在驚幻仙子處看見十二金釵畫冊上的題詩，已暗示了她們將來的歸宿，但續作並沒按照曹雪芹的構想去寫。她認爲這是續作最大的不足之處。

父親對姊姊的這兩點看法也有同感。但他對高鶚的出身和熱中於功名利祿這一點頗爲重視。他認爲續作中不少地方寫到官場景況極爲生動逼眞，就是因爲高鶚的出身，對官場情形極爲熟悉。

父親是姊姊研究《紅樓夢》的啓蒙師。

從他們的閑談就可以看出來，姊姊當時已經注意到《紅樓夢》的藝術完整性。

難怪後來她在香港對宋淇夫人說：

——人生恨事：㈠海棠無香；㈡鰣魚多刺；㈢曹雪芹的《紅樓夢》殘缺不全；㈣高鶚妄改——死有餘辜。——

她成名之後，不少批評的文章提到她的小說深受《紅樓夢》影響。關於這一點，她一九四四年與蘇青、汪麗玲、關露、潘柳黛等幾個女作家聚會時曾作說明：

——不錯，我是熟讀《紅樓夢》，但是我也曾熟讀《老殘遊記》、《醒世姻緣》、《金瓶梅》、《海上花列傳》、《歇浦潮》、《二馬》、《離婚》、《日出》。有時候套用《紅樓夢》的句法，借一點舊時代的氣氛，但那也要看適用與否。——

同年她在〈論寫作〉一文裡又提到：

——像《紅樓夢》，大多數人於一生之中總看過好幾遍。就我自己說，八歲的時候第一次讀到，只看見一點熱鬧，以後每隔三、四年讀一次，逐漸得到人物、故事的輪廓、風格、筆觸，每次的印象各各不同。現在再看，只看見人與人之間感應的煩惱。——

姊姊移居美國後，以十年的時間研究《紅樓夢》，後來出版了《紅樓夢魘》這本書。可見她對《紅樓夢》用情之深。而她研究《紅樓夢》的啓蒙師，就是我的父親。她十四歲時的習作《摩登紅樓夢》，回目就是我父親代擬的：第一回、「滄桑變幻寶黛住層樓，維犬昇仙賣璉膺景命」；第二回、「弭訟端覆雨翻雲，賽時裝嗔鶯叱燕」；第三回、「收放心浪子別閨闈，假虔誠情郎參教典」；第四回、「萍梗天涯有情成眷屬，淒涼泉路同命作鴛鴦」；第五回、「音問浮沉良朋空酒淚，波光黯蕩情侶共嬉春」；第六回、「陷阱設康衢嬌娃蹈險，驪歌驚別夢遊子傷懷」。由此也可見我父親的舊學素養。

「使人渾身發冷，好像跌進了冰窖。」

姊姊常介紹書給我看，也常和我談論文學。記得她常常談起的一些**中國現代作家的作品**：魯迅的《阿Q正傳》、茅盾的《子夜》、老舍的《二馬》；《牛天賜傳》；《駱駝祥子》、巴金的《家》、丁玲的《太陽照在桑乾河上》，以及冰心的短篇小說和童話。

至於**外國文學**，我印象較深刻的是她看過《琥珀》(Forever Ember)後說，書中描寫十六世紀倫敦大瘟疫後街道的荒蕪淒涼景象，讓她覺得陰森可畏。至於詹姆斯・希爾頓(James Hilton)的《失去的地平線》(The Lost Horizon)，她也覺得某些描繪「使人渾身發冷，好像跌進了冰窖。」她還介紹我看毛姆和奧亨利的小說，要我留心學習他們的寫作方法。

告訴我「積累優美詞彙」和「生動語言」的最佳方法……

那段時期，她很欣賞晚唐詩人李商隱有名的詩句「春蠶到死絲方盡，蠟炬成灰淚始乾」，「蠟燭有心還惜別，替人垂淚到天明」。《紅樓夢》裡的詩詞，她喜歡的是林黛玉和史湘雲的詩句，如**「偷來梨蕊三分白，借得梅花一縷魂」**；**「寒塘渡鶴影，冷月葬詩魂」**。薛寶釵的爲人和她寫的詩句，大多不爲人所喜，姊姊的看法也差不多。但薛寶釵詠螃蟹詩中的佳句**「眼前道路無經緯，皮里春秋空黑黃」**，卻很得她的讚賞。她欣賞的詩詞，大多是用詞奇特，意境新穎，她在賞讀之時也學到如何鍛詞鍊句。她向我父親學寫舊詩，有一首七言絕句的末二句是**「聲如羯鼓催花發，帶雨蓮開第一枝」**，其韻味和上述她喜歡的詩句就頗爲神似。

她從香港大學輟學回上海後，有一次和我談到寫作。那時她尚未成名，但談起寫作已像一個經驗老到的作者。現在回想起來，當時她已爲成名做好了周全的準備。

她講的原話與我現在寫的，可能詞句有些出入，但意思是完全符合的。她說：

——積累優美詞彙和生動語言的最佳方法就是隨時隨地留心人們的談話；不管是在路上、車上、家裡、學校裡、辦公室裡，一聽到後就設法記住，寫在本子裡，以後就成爲你寫作時最好的原始材料。

要提高英文和中文的寫作能力，有一個很好的方法，就是把自己的一篇習作由中文譯成英文，再由英文譯成中文。這樣反覆多次，盡量避免重覆的詞句。如果能常做這種練習，一定能使你的中文、英文都有很大的進步。——

我聽了覺得很有道理，但沒有勇氣去努力實踐。因爲我於文學只是欣賞，並無積極的創作慾望。

除了文學書籍，她的床頭還擺著美國的電影雜誌。

除了文學，姊姊學生時代另一個最大的愛好就是電影。她當時訂閱的一些雜誌，也以電影刊物居多。在她的床頭，與小說並列的就是美國的電影雜誌，如《Movie Star》、《Screen Play》等等。

三、四十年代美國著名演員主演的片子，她都愛看。如葛麗泰嘉寶、蓓蒂戴維斯、瓊・克勞馥、加利古柏、克拉克蓋博、秀蘭鄧波兒、費雯麗等明星的片子，幾乎每部必看。

中國的影星，她喜歡阮玲玉、談瑛、陳燕燕、顧蘭君、上官雲珠、蔣天流、石揮、藍馬、趙丹等。他們演的片子，她也務必都看。我印象最深刻的是，有一次我和她到杭州去玩，住在後母娘家的老宅裡，親戚朋友很多。剛到的第二天，她就從報紙廣告看到談瑛主演的電影正在上海某家電影院上映，立刻就說要趕回上海去看。一干親戚朋友怎樣攔也攔不住，我只好陪她坐火車回上海，直奔那家電影院，連看兩場。迷電影迷到這樣的程度，可說是很少見的。但這也說明我姊姊與常人不同的特殊性格。**對於天才夢的追尋，她一向就是這樣執著的。**

欣賞葛麗泰嘉寶的演技，也好奇她的神秘身世。

她對電影好壞的評價和看法，也與常人不同。她欣賞的電影演員，大多偏重演技方面，而不是只注重名氣或外貌。例如藍馬、上官雲珠主演的《萬家燈火》（抗戰勝利後崑崙影業公司的力作），她對我說其中最好的演員是在影片中**沒有一句台詞**而且**只有一個鏡頭**的女演員；她的角色是某人的妻子。我聽了大惑不解，因爲當時沒有人注意過那個角色。

《亂世佳人》那部大戲，她也只欣賞費雯麗和蓋博，其他的演員都不在她的眼下。對於葛麗泰嘉寶，她既欣賞她的演技，也好奇她的神秘身世。Greet Carson演的片子，她則都不欣賞。當時Carson演的《慈母心腸》很感動人，她却無動於衷。至於Carson演的《傲慢與偏見》如何，則從未聽她提起。有一次她說詹姆斯史都華在《Mr Smith goes to Washington》中的演技很好，但這部影片我沒看過，也不記得譯名。

她們的朋友之誼更甚於姑嫂之情。

我姑姑七十八歲才結婚，之前一直獨身生活。她和我母親感情極好。她們一九二四年結伴出國時，母親二十八歲，姑姑二十三歲。在英國遊學四年，她們相互照顧，有許多女性的共識。我覺得她們的情感不止於姑嫂關係，而更像是知心的朋友：掙脫傳統女性的枷鎖，在異國一起學英文，聽音樂會，參觀美術館，旅遊，和現代知識份子交往……那四年海闊天空，她們一起成長爲獨立自主的現代女性。

一九三〇年我父母離婚。姑姑和母親一起搬了出去，在當時舊法租界（今延安路以南）一幢雄偉的西式大廈，租了一層有兩套大套房的房子。那幢大廈住的大多是外國人。她們買了一部白色的汽車，用了一個白俄司機，還僱了一個法國廚師，生活很闊氣。

一九三二年我母親又出國，姑姑在怡和洋行做事，就承擔了照顧我們姊妹的責任。當時我父親經濟還很寬裕，我們的生活一直由各自的保姆照顧著，我姑姑允諾的「姑代母職」是一種精神和道義的允諾。特別是我姊姊有什麼女性的心事，可以有個訴說、化解的對象。那時我母親當然預料到有一天父親可能再婚，姊姊處於成長的轉型期，與後母相處也許有一些難以適應的心結。

姑姑爲我們房間買了全新的家具。

姑姑在我心目中一直是個只能尊敬無法親近的長輩。她平時不苟言笑，很少與小一輩的人親切地說些閑話。一九二八年回上海與我們合住的那兩年中，有兩個朋友和她較爲親近，常來找她閑聊。一個我們叫Aunt Yan，另一個叫Uncle Yai。她與他們倒是有說有笑的，還常一起去當時上海最豪華的仙樂斯(Crnos)舞廳跳舞。

我母親後來再出國，姑姑雖未與我們同住，但常打電話來，關心我們的生活與健康的情形。

一九三五年我們搬回麥根路那座向二伯父租的大別墅。姑姑惟恐後母虧待我們，特地爲姊姊與我各買了一張新床，一座衣櫥，一張有玻璃檯面的圓形寫字桌及一隻椅子。她親自把我們各自的房間安頓好，才放心的離去。

後來有一次在假期中，姊姊和我都患感冒，發燒躺在床上。姑姑知道消息，立刻去請了一個外國醫生，坐她的汽車到我家來看病，由她親自翻譯。醫生開藥後，她又當面關照老保姆如何給我們按時服藥以及一些飲食、衣著應注意的事項。一切都交代清楚，她才陪著醫生離開。

「那些瑣屑的難堪，一點點的毀了我的愛。」

一九三八年初姊姊逃離我父親的家後，在明月新村我舅舅家對面的開納路開納公寓和母親及姑姑共同生活。一九三九年初她們又搬到靜安寺路赫德路口（今南京西路常德路口）一九二號的愛丁頓公寓（今常德公寓）五樓五十一室。那是一座坐西朝東的七層西式大廈，有一個大客廳，大餐室、貯物間以及兩套大套房。那時姑姑早已賣掉了汽車，辭退了廚子，只僱用了一個男僕，每周來二、三次，幫著採購些伙食用品，其他的家務都需自己料理。

姊姊從來沒做過家事，沒搭過公車，離開我父親的家後，這些都需從頭學起。母親和姑姑教她怎樣過不再有人服侍的生活：包括洗衣服，做飯，買菜，搭公車，省錢……。

母親的骨董越賣越少，當時又要張羅姊姊去倫敦大學讀書的費用，過日子當然精打細算。那次母親是與美國男友回上海的，姊姊的突然投靠，對她的經濟與情感生活可能產生不少干擾，姊姊後來才會說：「我母親是爲我犧牲了許多，而且一直在懷疑著我是否值得這些犧牲。」她在〈童言無忌〉裡甚至這樣寫著：

——在她的窘境中三天兩天伸手向她拿錢，爲她的脾氣磨難著，爲自己的忘恩負義磨難著，那些瑣屑的難堪，一點點的毀了我的愛。——

對姑姑的感情和依賴，也許比對母親還深。

後來母親與美國男友再出國。姊姊去了香港大學。一九四二年夏天返回上海後，仍與姑姑住在愛丁頓公寓；但從五樓搬到六樓六十五室。那年姑姑四十歲，姊姊二十二歲。有時我去看姊姊，她總爲我沏上一壺紅茶；偶爾一兩次拿出一塊五角星形的蛋糕，分切著一起吃。我主動說些父親與後母的事，她只靜靜聽著，表情淡漠，從不表示意見。我們仍是談文學、談電影的時候多。有幾次她談到去靜安寺廟旁的亞細亞副食品店買菜，看到一些有趣的事。她對賣肉、賣菜、賣雞蛋的人總是特別注意，留心他們的賣法，與雇客的對話，貨品的顏色和價格等等。她後來在小說和散文裡寫一般人的生活瑣事那樣貼切眞實，就是她在買菜時細心觀察，回到家後立刻記在本子裡。

姊姊與姑姑在愛丁頓公寓住到一九四七年（與胡蘭成分手後），才搬到梅龍鎭酒家弄堂的**重華新村二樓十一號**兩室一廳的房子。解放之前又搬到黃河路上的**卡爾登公寓三〇一室**（今長江公寓）。由於時局動盪，收入不穩定，她們的房子也是越搬越小。她與姑姑，多年相依爲命，兩人非常親近。她的小說故事，有些也是姑姑說給她聽的。她對姑姑的感情和依賴，也許比對母親還深。

解放後她們一起渡過小心謹愼的煎熬歲月，後來姊姊辦出國手續到香港，也都是姑姑照顧與協助。姑姑沒有兒女，她待姊姊，就如自己的女兒。姊姊赴港之後，姑姑搬到同幢樓只有一個套間的三〇五室，一直住到一九九一年去世。她離開怡和洋行後，曾在電台工作，後來在大光明戲院做翻譯，解放後退休。

姑姑說：「你姊姊已經走了，」就把門關上。

不過姑姑對我始終有不同的看法，比較冷淡。她認爲我一直在父親和後母的照管下生活，受他們的影響較深，和她及我姊姊走的是兩條不同的路，因此對我保持著一定的警惕和距離。她們還住在愛丁頓公寓時，一次我去看姊姊，兩人說話的時間長了些，不覺將近吃晚飯的時分。我姑姑對我說：「不留你吃飯了，你如果要在這裡吃飯，一定要和我們先講好，吃多少米的飯，吃哪些菜，我們才能準備好。像現在這樣沒有準備就不能留你吃飯。」我只好匆匆告辭。

一九五二年七月姊姊再去香港，我事先毫不知悉。一次出差回上海，我去長江公寓找姊姊。姑姑開了門，只說：「你姊姊已經走了，」就把門關上。那次之後，我再沒見過姑姑。次年父親病逝，我打電話給她，她也只說「曉得了」就把電話掛斷。

一九七九年姑姑與同年的李開第先生結婚。他們是認識四十多年的老朋友。我輾轉獲知消息，但不敢去向她道喜；怕她見怪或不接待，使我難堪。一九九一年在報上看到姑姑去世的消息，我很想去探忘未曾謀面的姑父。但我又有點發悚：見了面該如何稱呼？要說些什麼話？他會不會也像姑姑一樣待我淡漠？思前想後，難以決定，就這樣一直沒見過姑父。但聽說姑姑晚年身體不好，都虧姑父照顧，雖然沒見過面，我對他是心存感激的。對於姑姑照顧我姊姊，幫助她發展天才夢並揚名文壇，我也一樣的至今感激。

第五章

成名

——命中注定，千載一時

「上海人是傳統的中國人加上近代高壓生活的磨練。新舊文化種種畸形產物的交流，結果也許是不甚健康的，但是這裡有一種奇異的智慧。」

——張愛玲〈到底是上海人〉（一九四三年八月）

◀張愛玲的〈天才夢〉參加《西風》徵文獲得第十三名，但《西風》出版得獎徵文集卻以〈天才夢〉爲書名。

▼上海在二次大戰期間遭轟炸後之市容。(雷驤提供)

▶上海成爲「孤島」後，已經看不到張恨水的連載小說。

▶張愛玲携帶兩爐香，拜見周瘦鵑。

◀張愛玲正式發表的第一篇小說〈沉香屑——第一爐香〉，1943年5月刊登在周瘦鵑主編的《紫羅蘭》。

◀上海漫畫家文亭所繪的「女作家三畫像」。右上「輯務繁忙的蘇青」，右下「弄蛇者潘柳黛」，左上「奇裝炫人的張愛玲」。

我姊姊一生最重要的作品，大多完成於孤島時期的上海。她最燦爛、飽滿——創作上或情感上——的生活，也是在上海渡過的。但是，讓她深受挫擊，終而心靈萎謝的，也是這個「近代高壓生活」的大都會。她的老友柯靈，一九八四年在〈遙寄張愛玲〉裡有這樣一段話：

——我倒想起了《傾城之戀》裡的一段話：「香港的陷落成全了她。但是在這不可理喻的世界裡，誰知道什麼是因？什麼是果？誰知道呢？也許就因為要成全她，一個大都市傾覆了。成千上萬的人死去，成千上萬的人痛苦著，跟著是驚天動地的大改革……流蘇並不覺得她在歷史上的地位有什麼微妙之處。」如果不嫌擬於不倫，只要把其中的「香港」改為「上海」，「流蘇」改為「張愛玲」，我看簡直是天造地設。——

柯靈是提攜、愛護我姊姊的文壇前輩。一九四三年，他發現她的才華。四十一年後，他為文肯定她的成就。他的由衷之言，也深獲海內外評家的推崇。前面引述的一段話，更是早已膾炙人口。如今我重讀這段話，尤為感慨良多。

每一階段都有「未完成」的遺憾。

一九四二年夏天，我姊姊從淪陷的香港回到同樣淪陷了的上海。她本想在聖約翰大學修完最後一年的大學課業，後來因爲種種原因再度輟學，此後就專事寫作，賣文維生。兩年之後，她出版了第一本小說《傳奇》，暢銷一時。她在再版序裡有如下幾句話，也使我感同身受，思索良久。

——呵！出名要趁早呀！來得太晚的話，快樂也不那麼痛快……個人即使等得及，時代是倉促的，已經在破壞中，還有更大的破壞要來。有一天我們的文明，不論是昇華還是浮華，都要成爲過去。如果我最常用的字是「荒涼」，那是因爲思想背景裡有這惘惘的威脅。——

我想著「思想背景裡有這惘惘的威脅」就爲她傷心。這句話涵蓋的，豈只是她孤島時期的心情？逃離我父親的家，不能去倫敦大學入學，香港大學輟學，聖約翰大學輟學，和胡蘭成的飄渺情緣……，從她青春時代開始，每一階段的理想追求，幾乎都是「未完成」。那時她在文壇雖已成名，但這是否就是文學理想的完成，她的心情也是「不確定」的。我唯一確知的是，她連教書都不願意，別無謀生之途；爲了生存，她得拚命寫作；就如柯靈先生所說，是「命中注定，千載一時」。

我與姊姊曾在聖約翰大學同學。

其實，每一階段的「未完成」，我和姊姊的命運相去不遠。因著這類似的命運，我甚至一度和姊姊在聖約翰大學同學——但是這一段的結局也是「未完成」。

前文曾經提到，一九三四年我姊姊高一時，我才小學五年級。一九三六年小學畢業，我父親不知爲什麼又讓我在家停學一年。一九三七年抗日戰爭全面爆發，許多學校都停課，我又在家荒廢一年。一九三八年，大部份學校陸續復學，那時姊姊已逃離了父親的家，我父親也許受此刺激，才決定送我進入正始中學讀初中一年級。正始中學的名譽董事長是上海灘聞人杜月笙，校長是後來參加汪僞漢奸政權的陳群。這個學校當時收費較便宜，但以管理嚴格著稱。每個任課老師都帶有戒尺一把。學生如違反校規或考試不及格，都由教導人員或任課教師持用戒尺責打。教師之中倒有幾個位頗富聲譽，我記得的有語文教師陸澹庵、朱大可，英文教師胡一鳴。還有一位姓施的英文教師和劉姓的數學教師也很優秀，可惜不記得他們的名字了。

讀完初一，正始中學遷往法華鎮。我父親接到學校通知，不但校名更易，校長也換了原來的地理教師吳念中。因爲明顯的轉入汪僞的一方，我父親立刻決定要我輟學。停了一年，考入聖約翰高中，但因英文跟不上，轉入光華高中就讀。讀到高二，因爲身體虛弱，常常請病假，高中也沒能畢業。

一九四一年夏天，我得到第一位祖母家的親戚朱志豪的協助，考入復旦大學中文系。當時教英文的顧仲彝，教中國文學史的趙景深，以及一位教古代歷史的陳姓教授，都名重一時。我初入這所大學，心裡很昂奮，也想好好的向幾位名教授學習，修完大學課程。哪知開學上課兩個多月，太平洋戰爭爆發，上海全面淪陷。復旦大學停課內遷，不願遷到內地的學生則可以拿到轉學證。我父親當然不贊成我離開上海，我只得拿了轉學證，在家自學復習，準備次年轉考聖約翰大學。

「香港經驗」帶給她「惘惘的威脅」。

一九四二年夏天，我姊姊也因香港大學停課，輟學回到上海。那年她已大四，只差半年就可畢業。然而大環境使然，她亦只得暫別香港，回到上海這個「孤島」。

姊姊一九三九年赴港就學後，因爲她不願意寫信到我父親家，我們就中斷了聯繫。香港淪陷後，我常常憂心姊姊的安危。當時整個亞洲的局勢是那樣動盪不安，前途莫測，我甚至一度以爲姊姊可能不會回上海來了。所以在電話裡得知她回來的消息，立即滿懷興奮的到姑姑家去看她。

三年多不見，姊姊的模樣改變了很多。她長髮垂肩，穿著香港帶回來的時髦衣服，看起來更瘦削高䠷，散發著飄逸之美。

姊姊談了一些戰時香港的景況。對於輟學之事則耿耿於懷。

「只差半年就要畢業了呀！」她憤憤的說。

香港三年多的生活，姊姊過得很苦，深刻體會到「錢」的壓力，開始學習省儉渡日。她後來那麼重視金錢，生活力求簡樸，就是「香港經驗」如影隨形，帶給她的「惘惘的威脅」。

寫了〈天才夢〉去參加《西風》雜誌徵文。

姊姊去香港入學，是由當時在香港做工程師的李開第先生做監護人。母親託他照顧姊姊，並在他那裡放了一筆錢，作爲她的學費和生活費。後來李開第轉去重慶工作，改託一位港大的教師照顧姊姊。

姊姊說，她在港大發奮讀書，拿了兩個獎學金。母親當時經濟也不寬裕，她靠獎學金節儉生活，盡量不動用母親那筆錢。爲了減少支出，她甚至向校方表明一切的課外活動都不參加。

她還說，中學時代就夢想有一天像林語堂那樣，在美國寫英文小說成名，所以在香港讀書期間盡量不使用中文，寫信、做筆記都用英文。她後來能以英文寫小說，就是在香港大學打下的基礎。

另外她也提到，為了賺錢，曾參加《西風》雜誌三周年紀念的徵文。可惜只得第十三獎。

「在香港唯一一次用中文寫作，」她說。

姊姊對得第十三獎也耿耿於懷。她照徵文規定的字數寫，只得第十三獎，但得首獎的那一篇，「字數比規定的多很多，不知標準在哪裡？」

姊姊這篇文章，就是她以中文正式發表的處女作〈天才夢〉。姊姊還說，更不可思議的是，《西風》一九四一年把徵文得獎作品結集出版，書名就叫《天才夢》。

現在回頭去看，《西風》徵文評審也許有瑕疵，出版的決定倒是頗有遠見的。

姊姊想轉入聖約翰大學，姑姑要我父親拿出學費。

我後來問姊姊，回到上海後有什麼打算？她說，港大畢業本來還可免費去牛津大學深造（因為成績好），如今只剩半年，很想轉入聖約翰大學；「至少拿張畢業文憑」。

我立即說，我也準備報考聖約翰大學，如她也去聖約翰大學，以後我們就可常在學校碰面了。

「不過——學費，」她嘆了一口氣：「姑姑沒有錢。」

姑姑分得的財產，回到上海後做了一些投資。但是時局不穩，幣值貶值，她的投資大多有去無回。起先她在英商怡和洋行做事，上海淪陷後，怡和業績受影響，一九四二年二月，姑姑和一千多位在華員工都被裁員。在電台工作了一段時間後就在大光明戲院做翻譯工作。一個人倒還寬裕，要負擔姊姊的學費和生活就很拮据。

姑姑告訴她，當初父母的離婚協議，本來就約定姊姊的教育費由父親負擔，港大三年他都沒出錢，剩下半年應該由他出錢，不然太說不過去了。

姊姊轉述姑姑的意見時，臉上仍是猶豫的神色。她性格倔強，對我父親及後母一直不能釋懷。一九三八年初逃離我父親的家後，已有四年多未踏進家門。如果回去向父親開口，她可能覺得有傷尊嚴。我於是把姑姑的意見加以強化，勸她還是要以文憑為重，並強調我父親一定會資助她的學費的。

和我父親的最後一面，神色冷漠，一無笑容。

回家之後，我就找了個機會，避開後母，私下向父親婉轉的說明和姊姊見面的經過。重點當然是強調姊姊要在聖約翰大學就讀的學費問題。父親聽後，沉吟了一下才說：

「你叫她來吧！」臉上毫無表情。顯然他對姊姊出走一事也一樣未釋懷。但他要我去約姊姊來，至少表示他同意了。

過了幾天，姊姊就回家來了。這已不是她逃走時那座大別墅，而是一座小洋房。後母事先已從我父親處得到消息，躲到樓上沒下來。姊姊進門後，神色冷漠，一無笑容。在客廳見了父親，只簡略的把要入聖約翰大學續學的事說一遍。難得父親那麼寬容，叫她先去報名考轉學，「學費我再叫你弟弟送去。」

姊姊在家坐不到十分鐘，話說清楚就走了。

那是姊姊最後一次走進家門，也是最後一次離開。此後她和我父親就再也沒見過面。

她和炎櫻走在一起是強烈的對比。

一九四二年秋天，我進入聖約翰大學經濟系一年級，姊姊轉學入文學系四年級。當時有一件事我印象特別深刻，就是姊姊在轉學考試時國文不及格，要去補習國文。大概因爲她在香港都用英文，國文眞的荒疏了。姊姊不以爲意，還當笑話一樣說給我聽。憑她的聰明才智和以前的舊學素養，開學不久她的國文就從初級班跳升高級班。

在聖約翰的校園內，我常常看到姊姊。有一次她向我介紹同行的一個胖胖的同學，叫Fettima Mohideen，是她在港大時最要好的同學。她們一起由香港搭船回上海，又一起轉入聖約翰，兩人形影不離。

Fettima的母親是天津人，父親是錫蘭人（今斯里蘭卡），家境富裕，在南京西路開了一家頗有名氣的珠寶店，叫Mohideen Bros。她和姊姊走在一起，是個強烈的對比。她矮胖而黑，姊姊瘦高而白。她開朗健康，姊姊沉鬱柔弱。她多話，姊姊少言。不過她們卻是好朋友。而且她是姊姊成年後，唯一的好朋友。聽說後來她家搬到加拿大，她則到紐約做房地產生意，姊姊後來到海外後和她一直有聯繫。

Fettinma也喜歡文學藝術。在港大時，姊姊常和她一起閱讀，畫圖。姊姊的《傳奇》出增訂本時，她還幫姊姊設計封面。姊姊給她取了一個中文名字叫炎櫻；後來在散文裡常提到她。《流言》裡有一篇〈炎櫻語錄〉，記錄了她的一些幽默言語。姊姊成名後我有幾次去姑姑家看姊姊，炎櫻也在。這位姑娘很熱情活潑，說話又風趣，我也很喜歡她。

炎櫻在聖約翰大學讀到畢業，姊姊和我則先後輟學，都沒有拿到畢業證書。我是次年升上大二後身體又吃不消輟學，姊姊則是轉入聖約翰兩個多月就輟學。我從炎櫻那裡聽到消息，特地去姑姑家，問姊姊輟學的原因。

對聖約翰大學感到失望。

姊姊起先只淡淡的說，聖約翰沒有幾位好教授，引不起她上學的興趣。而且她想讀的學科都沒有開設，已開設的學科又多是她不感興趣的。她的結論是：——與其浪費時間到學校上課，還不如到圖書館借幾本好書回家自己讀。——

然後她又提到在香港大學讀書的情況。她說，在港大，可以選修的科目比較多。教授在講壇並不多講，只提綱挈領，讓學生到圖書館查閱相關書籍，自己比對鑽研。有時學生也去教授家，提出自己的見解和疑點，教授再針對問題作說明。這種形式的獲益，往往比在課堂上還多。尤其是考試，並不拘泥於背筆記和教授的講稿，而比較注重學生抒發的個人觀點，讓學生能夠自由地自我發揮。

說完她就去拿出一卷繫著紅綢帶的文章給我看。這是她在港大參加比賽得獎的一篇徵文，獎金二十磅。我當時的英文水平和她相差太遠，如今已不記得文章的篇名和大概內容，只記得她的教授在上面寫了一些批語，又打了一些問號。我問她這些問號代表什麼意思，她說代表教授對她文章中的某些意圖不甚理解。但教授只點出疑點，並不加以修改。我聽後覺得很新鮮。這說明港大的教授很尊重學生的原意，對待學生的作品又很認眞；既不敷衍，也不一筆抹煞。

輟學的主要原因是錢的困擾。

不過後來姊姊終於無奈的說，她輟學最重要的原因是錢的困擾。以前與姑姑同住，母親還在上海，房租等一切生活費用有母親負擔。如今母親不在，而且太平洋戰爭爆發後就失去聯繫，行蹤不明。這次她回來與姑姑同住，增加姑姑的負擔，她心裡過意不去，壓力很大。她想早點賺錢，經濟自立。

我知道她不可能再回家向父親要生活費。而父親那時情況不如從前，又有後母的干預，就是姊姊眞的提出來，怕也難以如願。爲今之計，似乎也只有靠姊姊自謀生活。我因剛才聽了她的一番港大經驗，於是天眞的說：

「你可以去找個教書的工作。」

她搖搖頭說，不可能。

「妳英文、國文都好，怎麼不可能呢？」

她說教書不止程度要好，還得會表達，能把肚子裡的墨水說出來——「這種事情我做不來。」

我想想也是。姊姊從小就怕見陌生人，內向害羞，不愛說話。去了一趟香港回來，這性格也沒多大改變。要她去和一群吱吱喳喳的中學生打交道，確實是讓她爲難。於是我又建議她，可以到報館找個編輯的工作。

但她說，「我替報館寫稿就好。這陣子我寫稿也賺了些稿費。」

已經開始給英文《泰晤士報》寫劇評和影評。

原來她回上海不久，就開始給英文《泰晤士報》（The Times）寫了一些劇評和影評，我因父親家中沒訂這份報，不知道這件事。她說寫劇評影評也花費不少心力，往往一寫就全身投入，到學校上課就覺得很累，更不想去上學了。

姊姊從小就對電影有興趣，也有自我見解，寫影評倒是很合適的。上海成爲孤島後，外國影片來源較少，國產片也因膠片進口問題，出品不多。而人們心情苦悶，話劇的發展變得十分蓬勃。姊姊回到上海後，常去看話劇，從中認識一些現實的情況和人民的聲音。我記得她對中旅劇團唐槐秋、唐若菁演的《雷雨》、《日出》，以及後來苦幹劇團黃佐臨導演，石揮、丹尼、張伐等人主演的《大馬戲團》、《秋海棠》，喬奇等人主演的《浮生六記》，都很欣賞，向我介紹他們各自的優點。京劇、越劇，她偶而也去看，但不如看電影、話劇那麼頻繁。我因那時課業壓力重，她向我介紹的話劇，一齣也沒去看過，只是偶而在報刊看到評論，留下一些印象。

天高皇帝遠，「給張愛玲提供了大顯身手的舞台」。

但是對於姊姊準備以寫作謀生這件事，我聽了以後是很高興的。我也相信，以她的才華一定能夠走出一條屬於自己的路。

一九四二年，上海人在刊物上已經看不到巴金、茅盾、老舍等名家的作品了。甚至一直在報上連載的張恨水小說，也失去了蹤影。他們不是自我封筆，就是被敵偽封殺。如柯靈在〈遙寄張愛玲〉中所說：「上海淪陷後，文學界還有少數可尊敬的前輩滯留隱居……鄭振鐸隱姓埋名，典衣縮食，用個人有限的力量，挽救『史流他邦，文歸海外』的大劫。」「日本侵略者和汪精衛政權把新文學傳統一刀切斷了，只要不反對他們，有點文學藝術粉飾太平，求之不得，給他們什麼，當然是毫不計較的。天高皇帝遠，這就給張愛玲提供了大顯身手的舞台。」

以英文作品開始職業作家的生涯。

姊姊的職業作家生涯從英文寫作開始，這當然是她「香港經驗」的延續。她在《泰晤士報》登了一些劇評後，在上海的一家英文雜誌就向她約稿。這就是她在《二十世紀》（The Xxth Century）月刊發表文章的源起。

《二十世紀》是一個叫克勞斯・梅涅特(Klaus Mehnent)的德國人創辦的綜合性英文月刊。梅涅特有柏林大學的博士學位，曾在莫斯科做記者。一九三七～一九四一年間，曾在加州柏克萊大學和夏威夷大學教歷史。太平洋戰爭爆發那年他三十五歲，憑著歷史與新聞的直覺，跑到上海來創辦《二十世紀》月刊，親任主編。

他在一九四一年十月的創刊號發刊詞裡說，選擇在上海創辦一本新雜誌，最重要的理由是上海已成爲當時最後一個國際城市，而在政治上又容納了交戰各國的公民和各種的政治異議團體。這種「和平共存」的特殊局面，需要一個溝通和客觀分析的園地。另外，歐戰爆發後，歐洲的書刊大多無法再運到亞洲出版發行，亞洲的歐美人士失去了精神食糧，眞空狀態亟待塡補。尤其上海租界的外國人很多，這是梅涅特的先見之明。

在《二十世紀》發表八頁文章，附有親繪的十二幅插圖。

一九四三年一月，姊姊在《二十世紀》一鳴驚人，登了一篇長達八頁的文章，還附了十二幅她畫的髮型、服裝的插圖。文章的題目是〈Chineses Life and Fashions〉；一九四三年十二月她曾改寫成中文，以〈更衣記〉之名發表於《古今》半月刊。這篇文章把中國人的服飾沿革寫得非常細膩清楚，她的插圖又線條簡潔，清朗多姿，讓人一見就被深深地吸引。

那一年她在《二十世紀》寫了、五、六篇影評，還寫了《洋人看京戲及其他》、《中國人的宗教》等文。這些文章她後來都再改寫成中文發表。一九四三年十二月以後，她就沒在這份英文月刊發表文章，因為那時她已發表了〈金鎖記〉，盛名空前，稿約紛沓，每天埋首寫作，也應付不了那許多中文雜誌的約稿，她的「香港經驗」這才告一段落。此後直到一九五三年，她才又在香港以英文寫作，出版了《秧歌》和《赤地之戀》。

手持介紹信，攜帶兩爐香，拜見周瘦鵑。

不過姊姊在上海眞正的一鳴驚人，並不是《二十世紀》那篇散文，而是四個月後（一九四三年五月）在復刊的《紫羅蘭》雜誌創刊號發表的小說〈沉香屑——第一爐香〉。當時上海一些舊文人寫的小說或散文，其標題不是舊詩詞味濃就是新文藝腔重，像〈沉香屑——第一爐香〉這樣新穎獨特的題目，讓人一見就面目一新。及至看了內容，更要為之驚嘆。連當時主編《萬象》月刊的柯靈，看了都立即想到：「張愛玲是誰呢？我怎麼能夠找到她，請她寫稿呢？」

〈沉香屑〉寫的，其實還是她的「香港經驗」。開頭就說：「請您尋出家傳的霉綠斑爛的銅香爐，點上一爐沉香屑，聽我說一支戰前香港的故事，您這一爐沉香屑點完了，我的故事也該完了。」

這樣的小說開頭，在當時的上海文壇也是很少見的。尤其《紫羅蘭》的主編周瘦鵑，在例行編者案語中，一開始就以大約一千三百字的篇幅，寫出我姊姊帶著〈沉香屑〉去見他的經過及他的讀後感。這對於一個發表第一篇小說的作家來說，實是極爲禮遇的。

周瘦鵑是上海鴛鴦蝴蝶派的老作家，能寫、能編、能譯。姊姊在他編的《紫羅蘭》登小說又蒙他品題，雖然沒有「身價百倍」，至少也能「行情看漲。」他在編者案語中，坦陳我姊姊持了一封和他相熟的、我母親娘家的親戚「黃園主人岳淵老人」的介紹信去看他。但若〈沉香屑〉不「香」，沒有值得回味之處，他至多發表一下，敷衍了事，不必大費周章，把前後經過寫得那麼詳細、生動。

我姊姊以前沒見過周瘦鵑，只讀過他的小說；我母親和姑姑，則在一九二〇年初就已是他編的《禮拜六》的小說迷。所以，對我姊姊來說，周瘦鵑還是一個「陌生人」。她一向怕見陌生人，但和周瘦鵑這位「陌生人」的初見，卻是「長談了一點多鐘」。

一個星期後，姊姊又去見周瘦鵑，聽他對〈沉香屑〉的讀後感。周瘦鵑告訴她，

《沉香屑》很像毛姆的作品，而又受一些《紅樓夢》的影響；「不管別人讀了以爲如何，而我卻是『深喜之』了。」當下即決定要在復刊的《紫羅蘭》創刊號發表。

「請讀者共同來欣賞張女士一種特殊情調的作品」。

那天晚上，姊姊又去周瘦鵑家，約他和夫人胡鳳君在《紫羅蘭》出刊那天，去姑姑家參加「一個小小的茶會」。胡鳳君那天有事。周瘦鵑則如約而至。茶會只有他一個來賓，主人倒有兩個：我姑姑和我姊姊。

——茶是牛酪紅茶，點心是甜鹹俱備的西點，十分精美，連茶杯和點碟都十分精美的。我們三人談了許多文藝和園藝上的話，張女士又拿出一份她在《二十世紀》雜誌中所寫的一篇文章〈中國人的生活和服裝〉來送給我，所有婦女舊服裝的插圖，也都是她自己畫的。我約略一讀，就覺得她英文的高明，而畫筆也十分生動，不由不深深地佩服她的天才。如今我鄭重地發表了這篇〈沉香屑〉，請讀者共同來欣賞張女士一種特殊情調的作品，而對於當年香港所謂高等華人那種驕奢淫逸的生活，也可得到一個深刻的印象。——

姊姊成名後我去看她，十次有九次見不到。

〈沉香屑〉之後的半年間，我姊姊又發表了小說〈茉莉香片〉、〈心經〉、〈傾城之戀〉、〈金鎖記〉、〈封鎖〉、〈琉璃瓦〉，以及散文〈到底是上海人〉、〈洋人看京戲及其他〉、〈更衣記〉、〈公寓生活記趣〉。幾乎每個月都發表二、三篇作品。她漸漸告別了香港經驗，回歸上海這個她生活了最久的大都會，在筆下描繪上海畸形生活的衆生相。

一九四三年底，我姊姊已是上海最紅的女作家。我父親則因爲揮霍無度，家產將盡，不但已賣掉了最後一部汽車，也捨棄他過了數十年的洋房生活，搬到一個公寓居住。我則因身體差，又從聖約翰大學輟學了。此後我就沒再回學校讀書，因爲我父親已無法再供應我的學費了。

一九四六年去中央銀行揚州分行工作之前，我有兩年多的時間無所事事，渾渾噩噩渡日，精神非常空虛而苦悶。姊姊發表的作品，當然是盡量找來看。看完有時想找她說說觀感，但和她見面的次數越來越少了。差不多十次有九次見不到，使我更爲沮喪。那時她確實太忙了，我去找她，不是外出就是忙著寫稿。我沒有上學、沒有工作，至少吃住有父親負擔，姊姊則是完全靠寫作生活的，我知道不該常去打擾她。這是姊姊成名帶給我的困擾。

至於我姑姑，她對姊姊的成名當然是很高興的。成名代表著一定的社會地位，姊姊的收入增加，對她們的生活也有幫助。姑姑一向同情姊姊，鼓勵姊姊，看到她努力寫作，成績可觀，自是滿懷欣慰——對我母親的託付總算有個交代。

以文字還擊，置我父親於難堪之境。

對於姊姊的成名，我父親的心理是矛盾的。記得我把《紫羅蘭》創刊號拿回家，告訴他姊姊發表了一篇小說，他只「唔——」了一聲，接過書去。他有沒有看〈沉香屑——第一爐香〉，或幾時看完的，後來都沒聽他提起，也不知他的觀感如何。

不過我相信父親一定是仔細看過的。他以前教姊姊讀《紅樓夢》，教她做詩，寫〈摩登紅樓夢〉，常和她談閱讀心得。這些溫情的記憶怎能磨滅？姊姊成名，他也有功啊！姊姊一九三八年在英文《大美晚報》寫的那篇出逃記，把父親的家詛咒成一座監獄。他對這事一直耿然於懷。看到姊姊成名，親戚打電話來報喜，他的內心自是暗暗高興的，只是不會喜形於色。但他的內心，也難免憂心：不知姊姊那支筆，以後還會寫出多少讓他難堪的文章？

果然，第二年的七月，姊姊把那篇英文擴大寫成〈私語〉發表，讓更多的人看到我家的家醜。

——我把世界強行分作兩半，光明與黑暗，善與惡，神與魔。屬於我父親這一邊的必定是不好的，雖然有時候我也喜歡。我喜歡鴉片的雲霧，霧一樣的陽光，屋裡亂攤著小報(直到現在，大疊的小報仍然給我一種回家的感覺)，看著小報，和我父親談談親戚間的笑話——我知道他是寂寞的，在寂寞的時候他喜歡我。父親的房間裡永遠是下午，在那裡坐久了便覺得沉下去，沉下去。」——

當年父親拳腳交加，把她打得倒地不起。如今她以小小的文字還擊，置父親於難堪之境。

第六章

盛名

——約稿被拒始末

「回想到我們中國人，有整個王雲五大字典供我們搜尋兩個適當的字來代表我們自己，有這麼豐富的選擇範圍，而仍舊有人心甘情願地叫秀珍，叫子靜，似乎是不可原恕的了。」

——張愛玲〈必也正名乎〉（一九四五年二月）

▲張子靜與邵光定赴愛丁頓公寓向張愛玲約稿，但遭到拒絕。(柴俊爲攝)

◀張子靜與同學合辦的《飆》月刊，1944年10月出版創刊號。

我的姊姊——張愛玲

張子靜

她的脾氣就是喜歡特別：隨便什麼事情總愛跟別人兩樣一點。就拿衣裳來說罷，她頂喜歡穿古怪樣子的，記得三年前她從香港回來，我去看她，她穿着一件矮領子的布旗袍，大紅顏色的底子，上面印着一朵一朵藍的白的大花，兩邊都沒有紐扣，是跟外國衣裳一樣鑽進去穿的，領子眞矮，可以說沒有，在領子下面打着一個結子，袖子短到肩膀，長度只到膝蓋，我從沒有看見過這樣的旗袍，少不得要問問她這是不是最新式的樣子，她淡淡的笑道：「你眞是少見多怪，在香港這種衣裳太普通了，我正嫌這樣不夠特別呢！」嚇得我也不敢再往下問了。我還聽人說有一次，她的一個朋友的哥哥結婚，她穿了一套前清老樣子繡花的襖褲去道喜，滿座的賓客爲之驚奇不止，上海人眞不行，全跟我一樣少見多怪。

還有一回我們許多人到杭州去玩，剛到的第二天，她看報上登着上海電影院的廣告——談瑛做的「風」，就非要當天回上海來看不可，大家夥怎樣挽留也沒有用，結果只好由我陪她回來，一下火車就到電影院，連

她現在寫的小說一般人說受「紅樓夢」跟Somerthet Maugham的影響很多，但我卻認爲上述各作家給她的影響也多少都有點。

她的英文比中文好，我姑姑有一回跟我說：「你姊姊眞本事，隨便什麼英文書，她能拿起來就看，即使是一本物理或化學。」她是看裏面的英文寫法，至於內容，她不去注意，這也是她英文進步的一個大原因。她的英文寫得流利，自然，生動，活潑，即使我再學十年，也未必能趕得上她一半。

她曾經跟我說：「一個人假使沒有什麼特長，最好是做得特別，可以引人注意。我認爲與其做一個平庸的人過一輩子淸閒生活，終其身，沒沒無聞，不如做一個特別的人做點特別的事，大家都曉得有這麼一個人；不管他人是好是壞，但名氣總歸有了。」這也許就是她做人的哲學。

（本文題花・白偉哲作）

無國籍的女人

張愛玲作

▲張子靜在《飆》創刊號首次發表〈我的姊姊張愛玲〉，並配有張愛玲所繪插圖〈無國籍的女人〉。

◀汪僞上海市長陳公博，1943年8月強制推行《大上海進行曲》，策應日本的「大東亞聖戰」。

我第一次寫〈我的姊姊張愛玲〉，是在一九四四年。當時張愛玲走紅上海灘，做弟弟的我當然與有榮焉。但是不知情的人或許以爲：我在《飆》的創刊號發表那篇一千餘字的短文，是否有「賣姐求榮」之嫌？

即使有這樣的誤解，我當時也不能作任何辯解。何況事實也並非如此。

現在，時移事往，我有必要把當年向姊姊約稿被拒，不得不寫那篇文章的經過作個說明。

和中學同學合辦《飆》月刊。

一九四三年秋天的某一天，我在**光華中學的同班同學邵光定**約我去他家，和幾個久未見面的同學聊天。當時上海是「孤島時期」，許多人心情都很苦悶，中學同學聚在一起，當然天南地北，無話不談。歐戰，太平洋戰爭，內戰，抗日，汪僞政權「接收」上海公共租界，陳公博強制推行《大上海進行曲》宣傳「大東亞聖戰」等等，越談越覺得世局如棋，生命如旅，左一聲嘆氣，右一聲也是嘆氣。

後來就談到了文學和一些常看的雜誌。那時上海的雜誌很多，銷路也很好。大家七嘴八舌聊著，有一位同學就說：

「別人可以辦雜誌，我們何不也試試？」

邵光定很喜歡文學，當時恰也賦閒在家，聽到合辦雜誌的提議，立即眼睛一亮，很有興趣的樣子。一個同學說，他有辦法接洽購買紙張。另一個同學說，他有辦法接洽印刷所。還有一個同學說，他可以介紹我們去和當局打交道。所謂的「當局」，就是指上海的僞市宣傳處，因爲不通過這個部門，就拿不到發行執照，雜誌也別想出刊。

這些問題都有人承担了，剩下的就是兩個關鍵。一個是誰當發行人（要拿出錢來做發行刊物的資本）。另外一個是誰來當編輯。最後大家公推邵光定當發行人。因爲他的老太太最喜歡這個兒子，只要他答應的事，由她拿點錢出來是不成問題的。

張信錦要我去向姊姊約稿。

「發行人」有了譜，我也就只好答應去找個編輯。**我後母有個表姪叫張信錦**，也是二十多歲，愛好文學和看電影，當時在浙江興業銀行工作。張信錦的嗜好之一是蒐集電影說明書，對於編刊物也很有興趣。

我們這幾個青年同學，就這樣三言兩語決定了合辦一個刊物。過後大家分頭進行自己允諾擔任的工作，半年以後有了初步的頭緒。我和邵光定於是去找張信錦，討論下一階段的步驟：刊物的命名，向哪些作家約稿，稿費暫定多少，可能拉上哪些廣告，一樣樣仔細規劃。我們先決定刊物的名稱叫《飆》。在那個上海「孤島時期」的苦悶時代，**希望《飆》帶來一陣暴風雨，洗刷人們的苦悶心靈**。還決定封面的顏色第一期用紅色，第二期用深藍色，約稿事宜則全部由張信錦統籌負責。我記得他當時約到的名家稿件有**唐弢、麥耶（即董樂山）、施濟美**等人。

但是張信錦說，這還不夠，最好能再搞一篇特稿吸引讀者的注意。這就談到了我姊姊張愛玲。他說：

「你姊姊是現在上海最紅的作家，隨便她寫一篇哪怕只是幾百字的短文，也可爲刊物增色不少。」

我想想也有道理，就約了邵光定一起去找我姊姊約稿。

「我不能給不出名的刊物寫稿。」

還沒走到愛丁頓公寓我姊姊的住處，我就想到這樣貿然前去似乎不大穩當。一來我姊姊的個性一向不愛見陌生人；二來她當時可說是紅得發紫的巔峰期，向她約稿的著名報刊雜誌很多,她成天在家裡做一個「寫作機器」也應付不了那許多約稿，也許不會答應爲我們這無名刊物寫稿。如果她當面叫破，我是他弟弟，聽她幾句排揎倒也無所謂，讓我的朋友邵光定當面難堪就下不了台。

我把這層顧慮說給邵光定聽，他也覺得不無道理。到了愛丁頓公寓門外，就請邵光定在外面等，我一人上樓去找她。她正在趕稿子，見了我一臉錯愕。

果不其然，聽完我的來意，她當面開銷，一口回絕：

「你們辦的這種不出名的刊物，我不能給你們寫稿，敗壞自己的名譽。」

說完她大概覺得這樣我不像個姊姊，就在桌上找出一張她畫的素描說：

「這張你們可以做插圖。」——她那時的文章大多自己畫插圖。

我從小在姊姊面前吃她排揎也習慣了，知道再說無益，就匆匆告辭，下樓把結果告訴邵光定。他聽了倒也不驚訝，因為剛才我已做過沙盤推演，把可能的結果告訴他了。

不過我們兩人都難掩失望之情，嗒喪地回去找張信錦商量。張還是希望把特稿的焦點對準張愛玲，最後他說：

「那麼這樣吧，請子靜先生寫一篇關於他姊姊特點的短文，這也很能吸引讀者。」

我不放心的說：「她看了會不會不高興而在報上或雜誌上寫出聲明或否認的稿子呢？那樣的難堪，對我們的新刊物可是一個打擊。」

張信錦說：

「大概不會吧？一來是你出面寫的，你是他弟弟，她怎麼能否認？二來稿子的內容一定無損於她的聲名形象，只有增加她的光彩，凸顯她不同於凡人的性格，我保證不會出什麼問題的。」

張信錦的分析，鼓舞了我的勇氣。我於是憑著自小對她的觀察，寫了〈我的姊姊張愛玲〉這篇一千四百字的短文。

看看我五十二年前的觀察是否正確。

時隔五十二年，我覺得應該把當年的舊文一字不易的登錄於後，讓喜愛或研究張愛玲的人看看我的觀察是否正確；或者有所偏差？

——她的脾氣就是喜歡特別：隨便什麼事情總愛跟別人兩樣一點。就拿衣裳來說吧，她頂喜歡穿古怪樣子的。記得三年前她從香港回來，我去看她，她穿著一件矮領子的布旗袍，大紅顏色的底子，上面印著一朵一朵藍的白的大花，兩邊都沒有紐扣，是跟外國衣裳一樣鑽進去穿的。領子眞矮，可以說沒有；在領子下面打著一個結子，袖子短到肩膀，長度只到膝蓋。我從沒有看見過這樣的旗袍，少不得要問問她這是不是最新式的樣子，她淡漠的笑道：「你眞是少見多怪，在香港這種衣裳太普通了，我正嫌這樣不夠特別呢！」嚇得我也不敢再往下問了。我還聽別人說，有一次她的一個朋友的哥哥結婚，她穿了一套前清老樣子繡花的襖褲去道喜，滿座的賓客爲之驚奇不止。上海人眞不行，全跟我一樣少見多怪。

還有一回我們許多人到杭州去玩，剛到的第二天，她看報上登著上海電影院的廣告——談瑛做的《風》，就非要當天回上海看不可，大家夥怎樣挽留也沒用。結果只好由我陪她回來。一下火車就到電影院，連趕了兩場，回來我的頭痛得要命，而她卻說：「幸虧今天趕回看，要不然我心裡不知道多麼難過呢！」

家裡從前有一個小丫頭，名字叫小胖，又胖又笨，長得又難看，姊姊一向討厭她。有一天不知怎麼高興起來，一早起來就彈琴教小胖唱〈漁光曲〉。小胖實在太笨了，怎樣也學不會，「雲兒飄在天空，魚兒藏在水中」，她老唱做「雲兒藏在水中，魚兒飄在天空」。從八點鐘教到十一點，好容易把兩句教會了，可是把我父親吵醒，罵了一頓，她大哭一場，就這樣不了了之，她沒有再教過小胖。

她不大認識路，在從前她每次出門總是坐汽車時多，她告訴車夫到那裡去，車夫把車子開到目的地，她下車去，根本不去注意路牌子。現在她當然不坐汽車，路名應該熟得多了，可是有一次講起看書事情，她勸我到工部局圖書館去借，我問她怎麼走法，在什麼路上，她說路名我不知道，你坐電車到怎麼樣一所房子門口下來，向左走沒有幾步路就是。你不要覺得奇怪，我們國學大師章太炎先生也是不認識路的。大概有天才的人，總跟別人兩樣點吧。

她能畫很好的鉛筆畫，也能彈彈鋼琴，可她對這兩樣並不十分感興趣。她比較還是喜歡看小說。《紅樓夢》跟Somerset Maugham寫的東西她頂愛看。李涵秋的《廣陵潮》，天虛我生的《淚珠緣》，她從前也很喜歡看。還有老舍的《二馬》、《離婚》、《牛天賜傳》，穆時英的《南北極》，曹禺的《日出》、《雷雨》也都是她喜歡看的。她現在寫的小說，一般人說受《紅樓夢》跟Somerset Maugham的影響很多，但我卻認爲上述各家給她的影響也多少有點。

她的英文比中文好，我姑姑有一回跟我說：**「你姊姊眞本事，隨便什麼英文書，她能拿起來就看，即使是一本物理或化學。」**她是看裡面的英文寫法。至於內容，她不去注意，這也是她英文進步的一個大原因。她的英文寫得流利，自然，生動，活潑，即使我再學十年，也未必能趕得上她一半。

她曾經跟我說：**「一個人假使沒有什麼特長，最好是做得特別，可以引人注意。我認爲與其做一個平庸的人過一輩子淸閒生活，終其身，沒沒無聞，不如做一個特別的人，做點特別的事，大家都曉得有這麼一個人；不管他人是好**

是壞，但名氣總歸有了。」這也許就是她做人的哲學。——

我們沒錢打點那些漢奸官僚。

〈我的姊姊張愛玲〉一九四四年十月在《飆》創刊號發表後，果然吸引了不少讀者。姊姊給我的那張素描〈無國籍的女人〉也配在我那篇文章的版面上。這是我們姊弟此生唯一的文、圖合作。

雜誌出版後，我拿了一本去給姊姊，她看了我的「處女作」，並沒有表示不悅，我才放了心。後來也沒有在其他刊物上看到她寫什麼聲明、否認或批評的文章。我向姊姊約稿遭拒的小小風波，至此總算安然的過去了；那也是過去五十年我唯一發表的文章。

不過我們幾個青年辦雜誌，狂飆的美夢也做沒多久。一來印刷費昂貴，紙張來源也非常緊張；二來我們資金短缺，沒錢去打點市僞宣傳處那些管出版發行的漢奸官僚，刊物的發行執照一直沒有下來。藍色封面的第二期出版後，《飆》也就只好帶著藍色的憂鬱向這個世界告別了。

第七章

萎謝

——悲壯與蒼涼

「我是喜歡悲壯，更喜歡蒼涼。壯烈只有力，沒有美，似乎缺少人性。悲壯則如大紅大綠的配色，是一種強烈的對照。蒼涼之所以有更深長的回味，就因爲它像葱綠配桃紅，是一種參差的對照。……悲壯是一種完成，而蒼涼則是一種啓示。」

——張愛玲〈自己的文章〉（一九四四年七月）

◀柯靈主編《萬象》雜誌時，張愛玲亦攜小說〈心經〉前去拜見。（中國時報人間副刊提供）

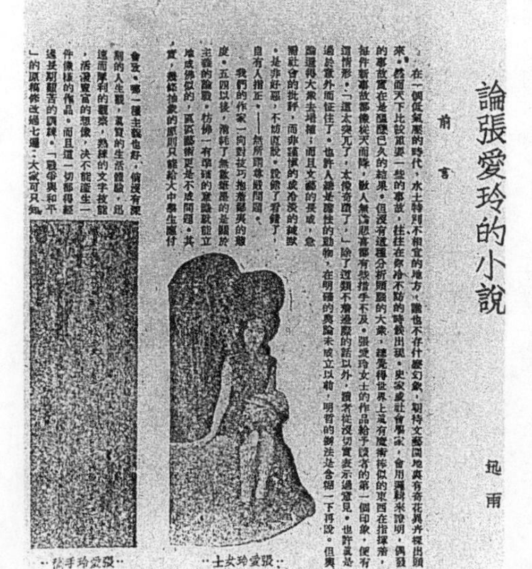

論張愛玲的小說

迅雨

前言

在一個低氣壓的時代，水土特別不相宜的地方，誰也不存什麼幻想，期待文藝園地裏有奇花異卉探出頭來。然而天下比較重要一些的事故，往往在你冷不防的時候出現。史家或社會學家，會用邏輯來證明，偶發的事故實在是醞釀已久的結果。但沒有這種分析頭腦的大衆，總覺得世界上真有魔術棒似的東西在指揮着，每件新事故都像從天而降，教人無論悲喜都有些措手不及。張愛玲女士的作品給予讀者的第一個印象，便有這情形。「這太突兀了，太像奇蹟了，」除了這類不着邊際的話以外，讀者從沒切實表示過意見。也許真是過於意外而怔住了。也許人總是懶惰的動物，在明確的輿論未成立以前，明哲的辦法是含糊一下再說。但輿論還得大衆去培植；而且文藝的長成，急需社會的批評，而非謹慎的或冷淡的緘默。是非好惡，不妨直說。說錯了看錯了，自有人指正。——無所謂尊嚴問題。

我們的作家一向對技巧抱着鄙夷的態度。五四以後，消耗了無數筆墨的是關於主義的論戰。彷彿一有準確的意識就能立地成佛似的，區區藝術更是不成問題。其實，幾條抽象的原則只能給大中學生應付會考。哪一種主義也好，倘沒有深刻的人生觀，真實的生活體驗，迅速而犀利的觀察，熟練的文字技能，活潑豐富的想像，決不能產生一件像樣的作品。而且這一切都得經過長期艱苦的訓練。「戰爭與和平」的原稿修改過七遍：大家可只知

‥張愛玲女士‥

‥張愛玲手跡‥

◀「迅雨」1944年5月在《萬象》發表〈論張愛玲的小說〉之版面。

▲「迅雨」原來是著名翻譯家「傅雷」的筆名。

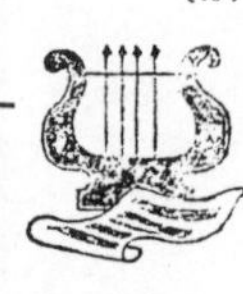

評張愛玲

胡蘭成

張愛玲先生的散文與小說，如果拿顏色來比方，則其明亮的一面是銀紫色的，其陰暗的一面是月下的青灰色。

是這樣一種青春的美，讀她的作品，如同在一架鋼琴上行走，每一步都發出音樂。但她創造了生之和諧，而仍然不能滿足於這和諧。她的心喜悅而煩惱，彷彿是一隻鴿子時時要想衝破這美麗的山川，飛到無際的天空，那邃遠的，遼遠的去處，或者墜落到海水的極深去處，而在那裏訴說她的秘密。她所尋覓的是，在世界上有一點頂紅頂紅的紅色，或者是一點頂黑頂黑的黑色，作爲她的皈依。

她喜歡「借紅燈」這名稱，說是美極了。爲了一個美麗的字眼，至於感動到那樣，這裏有着她對於人生之良識。她不是以孩子的天真，不是以中年人的執著，也不是以老年人的智慧，而是以洋溢的青春之旖旎，照亮了人生。

我可以想像，她覺得最可愛的是她自己，有如一枝嬌紅的杜鵑花，春之林野是爲她而存在。因爲愛悅自己，她會穿上短衣長褲，古典的繡花的鞋面，走到街上去，無視於行人的注目，而自個兒[illegible]小說裏讀到，而以想像使之美化的一位公主，或者僅僅是[illegible]的一個俏皮的動作，有如她之爲「借紅燈」這美麗的字眼所感動，至於將使自己變成就是這個美麗的字眼那樣。這並不是自我戀。自我戀是傷感的，執着的，而她卻是跳躍的。倘要比方，則甚於在人叢中走過，有一個聲音說道：「看哪，人來來了」，她的愛悅自己是如這樣相似的。

正如少年人講話愛搶先，覺得自己要說的話太多太美而到不可抑止，甚於來不及也沒有餘暇容許他顧慮對方的說話，而常常無禮地加以打斷一樣，張愛玲先生由於青春的力的奔放，往往不能抑止自己去尋求外界的事物，甚至於加以蹂躪。她知道的不多，然而並不因此而貧乏，正因爲她自身就是生命的泉源。倒是外界的事物在她看來成爲貧乏的，不夠用來說明她所要說明的東西，她並且煩惱於一切語言文字的貧乏。這使她寧願擷取古典的東西做材料，而以圖案畫的手法來表現，因爲古典的東西離現實愈遠，她愈有創造美麗的

幻想的自由，而圖案畫的手法愈抽象，也愈能放恣地發揮她的才氣，並且表現她對於美容以宗教般的虔誠。

她一次對我說，她最喜歡新派的繪畫。新派的繪畫是把形體作成圖案，而以顏色來表現象徵的意味的。它不是實事實物的描寫，卻幾乎是自我完成的創造。我想，是因此之故，特別適宜於她的年齡與才華的吧。她曾經給我看過她在香港時的繪畫作品，把許多人形畫在一幅畫面上，有善於說話的女人，低眉順眼請示主人的女廚子，房東太太，舞女等等。她說是因爲當時沒有紙，所以畫在一起的，但這樣的畫在一起，卻構成了古典的圖案。其中有一幅是一位朋友替她塗的青灰的顏色，她讚嘆說：「這真如月光一般」，我看了果然是幽邃，靜寂得使人深思的。

她的小說和散文，也如同她的繪畫，有一種古典的，同時又有一種熱帶的新鮮的氣息，從生之虔誠的深處迸發出生之潑剌。她對於人生，恰如少年人的初戀，不是她的對像具有這樣美，這樣崇高，卻是她自己的青春創造了美與崇高，使對像變化了。

和她相處，總覺得她是貴族。其實她是清苦到自己上街買小菜。然而站在她跟前，就是最豪華的人也會感受威脅，看出自己的寒傖，不過是暴發戶。這決不是因爲她有着傳統的貴族的血液，卻是她的放恣的才華與愛悅自己，作成她的這種貴族氣氛的。

貴族氣氛本來是排他的，然而她慈悲，愛悅自己本來是執着的，然而她有一種忘我的境界。她寫人生的恐怖與罪惡，殘酷與委曲，讀她的作品的時候，有一種悲哀，同時是歡喜的，因爲你和作者一同饒恕了他們，並且撫愛那受委曲

張愛玲自畫像

▲胡蘭成 1944 年 5 月在《雜誌》月刊發表〈評張愛玲〉之版面。

▲張愛玲的第一部小說《傳奇》，1944年9月出版，4天即再版。這是她刊登在《傳奇》再版的照片，明亮嫵媚，驚動上海灘。

◀胡蘭成書法（朱西寧提供）

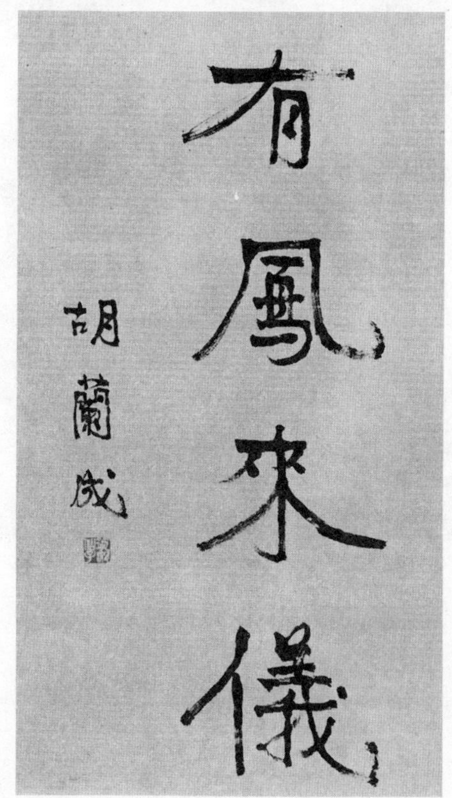

◀胡蘭成書法（朱西寧提供）

姊姊在才情上遺傳了我父親的文學與我母親的藝術造詣。但在像貌上她長得較像父親：眼睛細小，長身玉立。我則較像母親：濃眉大眼，身材中等。不過在性格上又反過來：我遺傳了父親的與世無爭，近於懦弱，姊姊則遺傳了母親湖南女子的剛烈，十分強悍；「她要的東西定規要，不要的定規不要」（湖南成「張愛玲與左派」。）

這樣的性格，加上我們在成長歲月裡受到種種挫擊，使她的心靈很早就建立了**一個自我封閉的世界**：自衛，自私，自我躭溺。

但是人不能永遠在自我封閉的世界裡生活。寫作不止是姊姊謀生的技能，更是她走出封閉心靈，與這個世界對話的最重要方式。

「要在兩行之間另外讀出一行」。

因此，儘管生活上我非常了解姊姊，心靈上則覺得距她非常遙遠。姊姊成名之後，這種距離才漸漸的縮短；透過她的作品，我聽到了她心裡的聲音。她的不滿與壓抑，她對人世的歌頌與指控，點點滴滴都從作品裡傾洩了出來——在寫作的世界裡，姊姊是坦白的。

從那之後，我一直以閱讀的方式來了解姊姊。一般的讀者，讀她的作品大多欣賞她說的故事，她流麗的文字和獨特的寫作技巧。我讀她的作品，則在欣賞之外還旁觀她心靈的變化——如她所說：「要在兩行之間另外讀出一行」（這是她一九四五年七月二十一日與李香蘭、金雄白、陳彬龢座談時說的話）。她爲自己的文章辯白，她的稿費風波，《傳奇》出版的暢銷，改編《傾城之戀》爲舞台劇上演……這些都是在文字裡看得見的。但是她和胡蘭成戀愛、結婚這件事，我竟沒能「在兩行之間另外讀出一行」。

「有個外國男人要請我去跳舞呢。」

姊姊成名後，稿約不斷，也有不少仰慕者。有一次我去看她，難得她有空和我聊天。不知爲什麼，那天她心情似乎特別好。不但又爲我泡了一壺紅茶，還說了一些在外面的見聞。

「有個外國男人要請我去跳舞呢，」她笑著說。

「哦，那妳答應了沒有？」

「沒有啊，我又不會跳舞。」

我以爲去了香港三年，她應該會跳舞了，原來還是沒學會。

不過那是第一次，姊姊對我提到一個異性的邀約。她也提到讀者的信，大多是不覆的。

「那種信多難寫？」她說：「而且一寫就沒完沒了，哪有那許多時間？」

後來看胡蘭成的〈民國女子〉，我掐指回算，恍然大悟——那天姊姊的心情那麼好，原來是在熱戀之中。

不過我去看姊姊之後沒多久，柯靈編的《萬象》月刊發表了迅雨寫的〈論張愛玲的小說〉。這篇評論對姊姊有褒有貶，鞭辟入里，後來還引發了一些連鎖性事件。

腰斬〈連環套〉，又是一次「未完成」。

柯靈第一次見到我姊姊是一九四三年七月。據他在〈遙寄張愛玲〉一文所說，那年夏天他受中央書店老板平襟亞之聘，主編《萬象》，「正在尋求作家的支持」。他形容看到姊姊在《紫羅蘭》發表的〈沉香屑——第一爐香〉是「奇蹟似的發現」，很想向她要文稿；「正在無技可施，張愛玲卻出乎意外地出現了。」

當時中央書店「在福州路畫錦里附近的一個小弄堂裡，一座雙開間石庫門住宅，樓下是店堂，《萬象》編輯室設在樓上廂房裡，隔著一道門就是老闆平襟亞夫婦的臥室。」柯靈「就在這家庭式的廂房裡，榮幸地接見了這位**初露鋒芒的女作家**」：

——張愛玲穿著絲質碎花旗袍，色澤淡雅，也就是當時上海小姐普通的裝束；脇下夾著一個報紙包，說有一篇稿子要我看看，那就是隨後發表在《萬象》上的小說〈心經〉，還附有她手繪的插圖。會見和談話很簡短，卻很愉快。——

〈心經〉在《萬象》分兩期登完（一九四三年八—九月）。十一月姊姊又在《萬象》發表〈琉璃瓦〉。次年一月開始，她在『萬象』開始連載第一部長篇小說〈連環套〉。至六月那期「續完」，七月則已不見蹤影——又是一次「未完成」；這個腰斬的長篇，實際只發表了四萬七千餘字。此後姊姊就永別《萬象》，未再把文章交給柯靈發表。

閑閑幾筆，意在言外，展現「四兩撥千斤」的本事。

〈連環套〉未完，不像《紅樓夢》未完——無人狗尾續貂，包括姊姊自己。她「腰斬」〈連環套〉，正是她剛烈性格的反應。有人猜測姊姊那麼做，是因爲不滿柯靈發表了迅雨那篇〈論張愛玲的小說〉。但這個猜測並不完全正確。不過姊姊對迅雨的批評立即以〈自己的文章〉回應，雖未指名道姓，正面交鋒，但她閑閑幾筆，意在言外，讓文藝界的人士從此認識了她「四兩撥千金」的本事。

迅雨的批評發表於五月號《萬象》。同一個月，胡蘭成的〈評張愛玲〉（上）〉也在《雜誌》月刊發表，六月續完。七月，姊姊中斷在《萬象》的《連環套》，在《新東方》雜誌發表了〈自己的文章〉。

恍惚於盛名和熱戀之際。

從後來的許多資料加以綜合研判，這順著時間秩序的底層，暗含著姊姊沉浮於盛名與愛情之間，對自我分寸的拿捏可能有些恍惚不定。

我認為她停了《連環套》，發表〈自己的文章〉，把《傳奇》交給《雜誌》社出版，和萬象老闆秋翁（平襟亞）發生稿費糾紛，都是因為正處於盛名與熱戀之際。

對於一個二十四歲的女子來說，即使有這樣的恍惚，也是可以理解的。

迅雨的批評，一開頭就說：

——在一個低氣壓的時代，水土特別不相宜的地方，誰也不存什麼幻象，期待文藝園地裡有奇花異卉探出頭來。——

這指的當然就是汪偽治下的「孤島」上海。

接著迅雨又說：

——史家或社會學家，會用邏輯來證明，偶發的事故實在是醞釀已久的結果。但沒有這種分析頭腦的大衆，總覺得世界上眞有魔術棒似的東西在指揮著，每件新事都像從天而降，教人無論悲喜都有些措手不及。**張愛玲女士的作品給予讀者的第一個印象，便有這種情形。**——

〈金鎖記〉「該列爲我們文壇最美的收穫之一」。

迅雨指出姊姊在〈金鎖記〉裡塑造的曹七巧，「就在一個出身低微的輕狂女子身上，愛情也不曾減少聖潔」；「最初她把黃金鎖住了愛情，結果卻鎖住了自己」。他認爲在曹七巧身上，姊姊最成功的就是對「情欲」的掌控。

另外他還讚揚姊姊的「心理分析」：「利用暗示，把動作、言語、心理三者打成一片。」而像電影手法一樣巧妙轉調的「節略法」，以及「新舊文字的揉和，新舊意境的交錯」形塑的「色彩鮮明」的風格，也是迅雨推崇的。他認爲〈金鎖記〉的完滿，「該列爲我們文壇最美的收獲之一」。

然後迅雨筆鋒一轉，對〈傾城之戀〉指出「華彩勝過了骨幹」。而「長長短短之六七件作品，只是Variations upon a theme。遺老遺少和小資產資級，全都爲男女問題這惡夢所苦。」

不過他又說：

──微妙尷尬的局面，始終是作者最擅長的一手。時代，階級，教育，利害觀念不同的人相處在一塊時所有曖昧含糊的情景，沒有人比她傳達得更眞切。──

迅雨還特別說明他寫這篇批評的出發點是：

──沒有〈金鎖記〉，本文作者決不在下文把〈連環套〉批評得那麼嚴厲，而且根本也不會寫這篇文字。──

「其中暴露的缺陷的嚴重，使我不能保持謹慈的緘默。」

所以他在批評〈連環套〉之後，又特別指出：

──在作者第一個長篇只發表了一部分的時候來批評，當然是不免唐突的。但其中暴露的缺陷的嚴重，使我不能保持謹慈的緘默。──

迅雨是看了四期《連環套》的連載，就寫了這篇批評。他認爲：

——〈連環套〉的主要弊病是內容的貧乏。已經刊布了四期，還沒有中心思想顯露。錯失了最有意義的主題，丟開了作者最擅長的心理刻劃，單憑著豐富的想像，逞著一支流轉如踢踏舞似的筆，不知不覺走上純粹趣味性的路。——

〈金鎖記〉的作者不惜用這種技術來給大衆消閑和打哈哈，未免太出人意外了。在扯滿了帆，順流而下的情勢中，作者的筆鐸『熟極而流』，再也把不住舵。〈連環套〉逃不過剛下地就夭折的命運。——

「除了男女以外，世界究竟還遼闊得很。」

迅雨在這篇批評的結論裡說：

——我們不能要求一個作家只產生傑作，但也不能坐視她的優點把她引入危險的歧途，更不能聽讓新的缺陷去填補舊的缺陷。

技巧對張女士是最危險的誘惑。無論哪一部門的藝術家，等到技巧成熟過度，成了格式，就不免重複他自己。

文學遺產過於清楚，是作者另一危機。把舊小說的文體運用到創作上來，雖在適當的限度內不無情趣，究竟近於玩火，一不留神，藝術會給它燒毀的。聰明機智成了習氣，也是一塊絆脚石。

我不責備作家的題材只限於男女問題，但除了男女以外，世界究竟還遼闊得很。

——

「奇蹟在中國不算稀奇，可是都沒有好下場。」

迅雨全文的結尾只有兩行：

——一位旅華數十年的外僑和我閒談時說起：「奇蹟在中國不算稀奇，可是都沒有好下場。」但願這兩句話永遠扯不到張愛玲女士身上！——

這段結語對我姊姊的刺激最大。她立即決定要出第一本小說集，書名就叫《傳奇》。

後來《傳奇》交給《雜誌》社出版，姊姊還特別寫了這句前言：

——書名叫《傳奇》，目的是在傳奇裡面尋找普通人，在普通人裡尋找傳奇。——

《傳奇》出版後暢銷一時（四天即再版），算是對迅雨結尾最直接、最有力的答覆。

「時代是這麼沉重，不容那麼容易就大澈大悟。」

不過決定出版《傳奇》的同時，我姊姊也不甘沉默，以四千五百字的〈自己的文章〉，回應迅雨那篇一萬二千多字的批評。她的開頭非常平淡，像是在與讀者閒話家常。這是我姊姊一生所寫的一篇最長的、闡揚她創作理念的文章。

——我雖然在寫小說和散文，可是不大注意到理論。近來忽然覺得有些話要說，就寫在下面。——

姊姊這篇回應，語氣沈穩內斂，態度不過高也不過低，而且前後對照，有著創作者的自省。

——現在似乎是文學作品貧乏，理論也貧乏。我發現弄文學的人向來是注重人生飛揚的一面，而忽視人生安穩的一面。

強調人生飛揚的一面，多少有點超人的氣質。**超人是生在一個時代裡的。而人**

生安穩的一面則有著永恒的意味。雖然這種安穩常是不安全的，而且每隔多少時候就會破壞一次，但仍然是永恒的。它存在於一切時代。它是人的神性，也可以說是婦人性。

極端病態與極端覺悟的人究竟不多。時代是這麼沈重，不容那麼容易就大澈大悟。

這時代，舊的東西在崩壞，新的在滋長中。但在時代的高潮來到之前，斬釘截鐵的事物不過是例外。——

「美的東西不一定偉大，但偉大的東西總是美的。」

——我甚至只是寫些男女間的小事情，我的作品裡沒有戰爭，也沒有革命。我以爲**人在戀愛的時候，是比在戰爭或革命的時候更素樸，也更放恣的**。眞的革命與革命的戰爭，在情調上我想應當和戀愛是近親，和戀愛一樣是放恣的滲於人生的全面，而對於自己是和諧。

我喜歡素樸……我也並不贊成唯美派……美的東西不一定偉大，但偉大的東西總是美的。

只是我不把虛僞與眞實寫成強烈的對照，卻是用參差對照的手法寫出現代人的虛僞之中有眞實，浮華之中有素樸，因此容易被人看做我是有所躭溺，流連忘返了。雖然如此，我還是保持我的作風，只是自己慚愧寫得不到家。而我不過是一個文學的習作者。

我的作品，舊派的人看了覺得還輕鬆，可是嫌它不夠舒服。新派的人看了覺得還有些意思，可是嫌它不夠嚴肅。——

接下來姊姊對於〈連環套〉處理不合理的現代婚姻制度和姘居生活的過程，作了一些自我合理化的答辯。但她的結尾非常謙遜：

——有時候未免刻意做作，所以有些過份了。我想將來是可以改掉一點的。——

姊姊中斷〈連環套〉，不但沒有續寫，而且也從來沒有把它收進集子裡出版。一九七六年，〈連環套〉作爲「出土文物」收入台北皇冠出版社的《張看》一書，姊姊在自序中說：

「儘管自以爲壞，也沒想到這樣惡劣，通篇胡扯，不禁駭笑。」

——去年唐文標教授在加州一個圖書館裡發現四〇年間上海的一些舊雜誌，上面刊有我這兩篇未完的小說（編案：指〈創世紀〉與〈連環套〉）與一篇短文，影印了下來，來信徵求我的同意重新發表。……那兩篇小說三十年不見，也都不記得了，只知道壞。

幼獅文藝寄〈連環套〉清樣來讓我自己校一次，三十年不見，儘管自以為壞，也沒想到這樣惡劣，通篇胡扯，不禁駭笑。

當時也是因爲編輯拉稿，前一個時期又多產。各人情形不同，不敢說是多產的教訓，不過對於我是個教訓。這些年來沒寫出更多的〈連環套〉，始終自視爲消極的成績。——

從宋淇口中才知道「迅雨」就是「傅雷」。

姊姊當年對迅雨的批評不盡同意，但對他的立論嚴謹，態度寬厚，也不禁暗自折服。她腰斬〈連環套〉雖另有原因，但迅雨對〈連環套〉的苛責，使她在決定中止〈連續套〉時，也不免受到一些影響。

一九五二年姊姊再去香港後，結識宋淇夫婦，他們也曾在孤島時期的上海住過，讀過姊姊的小說，也知道〈連環套〉腰斬的始末。從宋淇口中，姊姊才知道「迅雨」就是當年大名鼎鼎的翻譯家傅雷。

傅雷（一九〇八——一九六六）是當時的進步人士，執筆批評姊姊時三十六歲。他年輕時代參加多次學生運動，一九一七年冬天離開上海去法國，在巴黎大學文學系聽課，同時專攻美術理論和藝術評論。一九三一年秋天回到上海後就致力於法國文學的翻譯和介紹。他最大的貢獻是翻譯了十五種巴爾札克的小說到中國。另外羅曼羅蘭和梅里美的小說，也都是他翻譯給中國讀者的。可惜一九六六年九月受到紅衛兵的迫害，他與夫人含冤莫辯，同日懸樑自盡。他的公子傅聰，後來成爲揚名國際的鋼琴家。

宋淇一九七六年在香港發表〈私語張愛談〉，記述他們夫婦與我姊姊認識後，因工作上的合作，生活上的往還，終至成爲知己。姊姊後半生在海外的生活，得到他們的照顧最多。

傅雷破例寫評，「可見他對愛玲作品的愛之深與責之切。」

宋淇在〈私語張愛玲〉中說：

——目前爲大家所注意的迅雨那篇登在一九四四年《萬象》雜誌上〈論張愛玲的小說〉，引起不少猜測，唐文標說不知作者是誰，懷疑會不會是李健吾。其實這篇文章，寫得非常嚴謹，不如李健吾的文筆那麼散漫囉嗦，明眼人都看得出來。那麼迅雨究竟是誰？原來是戰前即從事翻譯《約翰·克利斯朶夫》和巴爾札克的小說的傅雷。那時的文化工作者多數不願寫文章，即使發表，也用筆名，而且不願別人知道。單看名字，迅雨和傅雷二者之間倒不能說沒有蛛絲馬跡可察。

愛玲當初也不知道作者是誰，還是南來後，我告訴她的。她聽後的反應是驚訝，但也並沒有當作一回大事，因爲愛玲向來對自己的作品最有自知之明，別人的褒貶很難動搖她對自己的估價。

傅雷終年埋首譯作，極少寫批評文章，那次破例寫這樣一篇評論，可見他對愛玲作品的愛之深與責之切。——

希望她不要「急於求成」，她回信主張「趁熱打鐵」。

現在回頭再說〈連環套〉與《傳奇》的轉折。

迅雨那篇批評文章發表後，姊姊決定出小說集，曾獲中央書店老闆秋翁應允。一九四四年六月十五日，姊姊寫信給秋翁，談到書出之後的宣傳問題：

——**我書出版後的宣傳，我曾計劃過，總在不費錢而收到相當的效果**。如果有益於我的書的暢路的話，我可以把曾孟樸的《孽海花》裡有我祖父與祖母的歷史，告訴讀者們，讓讀者和一般寫小說的人去代我宣傳——我的家庭是帶有「貴族」氣氛的……——

但姊姊同時也給柯靈寫信，詢問他對於把小說集交給中央書店出版的意見。柯靈在〈遙寄張愛玲〉裡說：

——上海出版界過去有一種「一折八扣」的書，專門印古籍和通俗小說之類，紙質低劣，只是靠低價傾銷取勝，中央書店即以此起家。我順手推舟，給張愛玲寄了一份店裡的書目，供她參閱，說明如果是我，寧願婉謝垂青。我懇切陳詞，以她的才華，不愁不見之於世，希望她靜待時機，不要急於求成。

她的回信很坦率，說她的主張是「趁熱打鐵」。她第一部創作隨即誕生了，那就是《傳奇》初版本，出版者是《雜誌》社。我有點暗自失悔，早知如此，倒不如成全了中央書店。——

〈一千元的灰鈿〉引發一場稿費糾紛。

這個出書的轉折，使姊姊決定告別中央書店與《萬象》，腰斬〈連環套〉。但這卻引發了所謂「一千元灰鈿」的稿費糾紛，使我姊姊名譽受損，也頗感困擾。

原來我姊姊決定在《萬象》連載〈連環套〉時，與秋翁約定「每期稿費一千元」。登了六期中斷，稿費應爲六千元。但秋翁的賬目上，我姊姊領了七千元；溢領一千元。她的〈連環套〉六、七月都「續稿未到」，七月又在《新東方》發表答辯迅雨的文章，九月則在《雜誌》社出版《傳奇》小說集，一時洛陽紙貴。秋翁經此連串事件，作爲一個書店和雜誌經營著，自是心有未甘，就寫了〈一千元的灰鈿〉一文在《海報》發表，把姊姊溢領一千元稿費之事公諸於衆。姊姊去信辯白，一來一往，互不干休，最後不了了之。不過仍有下文。

一九四四年十二月，錢公俠先生創辦的《語林》月刊出版了。他也像我們創辦《飆》月刊一樣，把焦點放在文名正盛的張愛玲身上；請曾在聖瑪利亞女校執教的汪宏聲寫了〈談張愛玲〉一文，把姊姊的中學生活寫得很詳實生動。他的文章中不小心把姊姊遲交作文「一篇充兩期」之事與「灰鈿交涉」並論，引起了更大的風波。

「這件事我認爲有辯白的必要，因爲有關我的職業道德。」

姊姊看完了汪宏聲的文章，立即寫了一篇〈不得不說的話〉，寄給《語林》主編錢公俠，對「灰鈿」風波再作澄清。

——我替《萬象》寫〈連環套〉，當時言明每月預付稿費一千元。陸續寫了六個月，**我覺得這樣一期一期地趕，太逼促了，就沒有再寫下去。**

此後秋翁先生就在《海報》上發表了〈一千元的灰鈿〉那篇文章，說我多拿了一個月的稿費。柯靈先生的好意，他想著我不是賴這一千元的人，想必我是一時疏忽，所以寫了一篇文章在《海報》上爲我洗刷，想不到反而坐實了這件事。

其實錯的地方是在〈連環套〉還未起頭刊載的時候——三十二年十一月底，秋翁先生當面交給我一張兩千元的支票，作爲下年正月份二月份的稿費。我說：**「講好了每月一千元，還是每月拿罷，不然寅年吃卯年糧，使我很擔心。」**於是他收回那張支票，另開了一張一千元的支票給我。但是不知爲什麼賬簿卻記下的還是兩千元。

我曾經寫過一封否認的信給《海報》，秋翁先生也在《海報》上答辯，把詳細賬目公開了。後來我再寫第二封信給《海報》，大概因爲秋翁先生情面關係，他們未予發表。我覺得我在這件無謂的事上已經浪費了太多的時間，從此也就安於緘默了。——

平常在報紙上發現與我有關的記載，沒有根據的，我從來不加以辯白，但是這件事我認爲有辯白的必要，因爲有關我的職業道德。我不願我與讀者之間有任何誤會，所以不得不把這不愉快的故事重述一遍。——

「倘有誣陷張小姐處，願受法律裁制」並登報道歉。

錢公俠收到姊姊的來稿後，就請秋翁「略書數語，與張文同時發表，以避片面攻訐之嫌。」秋翁於是寫了〈一千元的經過〉與〈不得不說的話〉對照發表，並把「張愛玲〈連環套〉小說稿費清單」附於文後，詳注姊姊收取稿費的日期、數額、取款方式。他在文章中說：

——當時曾搜隻到張小姐每次取款證據（收條與回單），彙粘一冊，曾經專函請其親自或派人來社查驗，一一是否均爲親筆，數額是否相符。乃歷久未蒙張小姐前來察看，迄今置之不問。

物證尚在，還希張小姐前來查驗，倘有誣陷張小姐處，願受法律裁制，並刊登各大報廣告不論若干次向張小姐道歉。——

秋翁還說：姊姊指明的二千元支票換一千元之事，「永豐銀行支票，銀行有帳可以查對。」又說，「尤以最後一次——五月八日深晚，張小姐本人敲門向店夥親手預支一千元，自動書一收據交由店夥爲憑（現存本社）。自此次預支之後，竟未獲其隻字。故就事實言，迄今仍欠本社國幣一千元。」

胡蘭成寫〈評張愛玲〉並發表時，正是姊姊與他的熱戀期。

在批評〈連環套〉與腰斬引發的稿費紛爭中，胡蘭成那篇與迅雨同月發表的〈評張愛玲〉，無疑最得姊姊的歡心，也使她對於「趁熱打鐵」出版《傳奇》的決定，更爲理直氣壯。

姊姊與胡蘭成相識，是在一九四三年十二月。據胡蘭成《今生今世》所寫，他是看了蘇青主編的十一月號《天地月刊》，讀到姊姊的〈封鎖〉，「才看得一二節，不覺身體坐直起來，細細的把它讀完一遍又讀一遍。」

他從蘇青那裡取得姊姊在「靜安寺路赫德路口一九二號公寓六樓六五室」的地址就去求見。當天雖未蒙姊姊接見，但第二天姊姊從他留下的名片打去電話，此後二人就開始了往來。到了一九四四年八月，胡蘭成與前妻離婚後，他們就秘密結婚了。所以，胡蘭成寫〈評張愛玲〉並發表那段期間，正是姊姊與他的熱戀期。他對姊姊的才華和作品大力讚揚也是理所當然的。只是當時我未能從這些溢美之辭讀出絃外之音。

「她倔強，認眞，所以她不會跌倒，而看見了人們怎樣跌倒。」

——張愛玲先生的散文與小說，如果拿顏色來比方，則其明亮的一面是銀紫色的，其陰暗的一面是月下的青灰色。——是這樣一種青春的美，讀她的作品，如同在一架鋼琴上行走，每一步都發出音樂。但她創造了生之和諧，而仍然不能滿足於這和諧。

張愛玲先生由於青春的力的奔放，往往不能抑止自己去尊重外界的事物，甚至於還加以蹂躪。她知道的不多，然而並不因此貧乏，正因爲她自身就是生命的泉源。

和她相處，總覺得她是貴族。其實她是清苦到自己上街買小菜。然而站在她跟前，就是豪華的人也會感受威脅，看出自己的寒傖，不過是暴發户。

她寫人生的恐怖與罪惡，殘酷與委屈，讀她作品的時候，有一種悲哀，有時是歡喜的，因爲你和作者一起饒恕了他們，並撫受那受委屈的。

因爲她倔強，認眞，所以她不會跌倒，而看見了人們怎樣跌倒……又因爲她的才華有餘，所以行文美麗的到要融解，然而是素樸的。──

「我在小處是不自私的，但在大處是非常的自私。」

──有一次，張愛玲和我說：「我是個自私的人」，言下又是歉然，又是倔強。停了一停，又思索著說：「我在小處是不自私的，但在大處是非常的自私。」──

魯迅之後有她。她是個偉大的尋求者。和魯迅不同的地方是魯迅經受過幾十年來的幾次革命和反動，他的要求是戰場上受傷的軍士的淒厲的呼喚，張愛玲則是一枝新生的苗，尋求著陽光與空氣……這新鮮的苗帶給了人間以健康與明朗的、不可摧毁的生命力。──

在結尾的一段，胡蘭成說：

——她是個人主義的，蘇格拉底的個人主義是無依靠的，盧騷的個人主義是跋扈的，魯迅的個人主義是淒厲的，而她的個人主義則是柔和，明淨……是人的發現與物的發現者。——

「要使她在稿費上頭吃虧，用怎樣高尚的話也打不動她。」

胡蘭成讀了迅雨的〈論張愛玲的小說〉後，一九四五年六月又以筆名〈胡覽乘〉在《天地》月刊發表〈張愛玲與左派〉，算是側面的支援我姊姊。

——藝術是什麼呢？是人生的超過它自己，時代的超過它自己，是人的世界裡文物的昇華，這超過它自己到了平衡破壞的程度便是革命。懂得這個，才懂得在張愛玲之前謙遜。

她認眞地工作，從不沾人便宜，人也休息沾她的，要使她在稿費上頭吃虧，用怎樣高尚的話也打不動她。她的生活裡有世俗的清潔。

然而左派理論家只說要提倡集團主義，要描寫群衆。其實要描寫群衆，便該懂得群衆乃是平常人，他們廣大深厚，一來就走到感情的尖端並不是他的本色。

左派有很深的習氣，因爲他們的生活裡到處是禁忌；雖然強調農民的頑固，市民的歇斯底里與虛無，怒吼了起來，也是時代的解體，不是新生。——

「她倒是願意世上的女子都歡喜我。」

胡蘭成當時官拜汪僞維新政府宣傳部政務次長。他能言善道，筆底生花，姊姊與他認識後就一往情深，不能自拔。他後來在《今生今世》裡說：

——我已有妻室，她並不在意。再或我有許多女友，乃至挾妓遊玩，她亦不會吃醋。她倒是願意世上的女子都歡喜我。——

姊姊雖如此豁達，也不忌諱他的「漢奸」身份，但胡蘭成與她結婚時，仍「顧到日後時局變動不致連累她，沒有舉行儀式，只寫婚書爲定」：

——**胡蘭成張愛玲簽訂終身，結爲夫婦，願使歲月靜好，現世安穩。**

上兩句是愛玲撰的，後兩句我撰，旁寫炎櫻爲媒證。——

胡蘭成說她「不會跌倒」，她卻爲胡蘭成跌倒了。

不過姊姊結這個婚並未眞的獲得「現世安穩」。胡蘭成後來去武漢辦《大楚報》，愛上一個護士小周。抗戰勝利後他化名逃亡，又愛上一個秀美。姊姊去溫州找他，「說出小周與她，要我選擇，我不肯。」姊姊責問他：「你與我結婚時，婚帖上寫現世安穩，你不給我安穩？」胡蘭成的回答卻是：

——我待你，天上地下，無有得比較。若選擇，不但於你是委屈，亦對不起小周。人世迢迢如歲月，但是無嫌猜，按不上取捨的話。——

姊姊最後不得不無奈的嘆了一口氣說：

「你是到底不肯，我想過，我倘使不得不離開你，亦不致尋短見，亦不能再愛別人，我將只是萎謝了。」

姊姊聰明一世，愛情上卻沉迷一時。這個婚姻沒給她安穩、幸福，後來且是一連串深深的傷害。胡蘭成說她「不會跌倒」，她卻爲胡蘭成「跌倒」了，終至心靈萎謝，最後以離婚收場。她的第一次婚姻，比母親的還短，而所受挫擊則更深。

絕世有佳人

胡蘭成

一花亦真

胡蘭成

第八章

永別

——離婚與離國

「活在中國就有這樣可愛：髒與亂與憂傷之中，到處會發現珍貴的東西，使人高興一上午，一天，一生一世……要是我就捨不得中國——還沒離開家已經想家了。」

——張愛玲〈詩與胡說〉（一九四四年八月）

▲位於虹口的日本憲兵隊。柯靈因主編《萬象》，1944年夏及1945年夏兩度被捕，在此拘禁。

◀龔之方1995年10月16日在蘇州網師園茶座侃侃而談他與張愛玲的交往。(季季攝)

▶ 張愛玲與龔之方等人去大湖吃船菜，湖中偶遇戲劇家洪深，化解前嫌。

▶ 張愛玲1947年4月在龔之方、唐大郎創辦的《大家》月刊發表〈華麗緣〉。

▲龔之方、桑弧、唐大郎等人，常去卡爾登公寓找張愛玲聊天、約稿。(柴俊爲攝)

◀黃佐臨的第一部電影《假鳳虛凰》，上映時演出戲外戲，賣座連滿二十多天。

▶山河圖書公司奉命爲張愛玲出版《傳奇》增訂本。封面由她的好友炎櫻設計，既古典又有現代感。

◀ 1951 年 11 月，《亦報》出版的《十八春》封面。當時張愛玲用的筆名是「梁京」。

我姊姊是不喜歡政治的。聖瑪利亞女校畢業之前，她只是顯赫政治家庭的後代，在落日餘暉中映照著沒落貴族的華彩。但是聖瑪利亞畢業後，她的生活就不斷受到政治的干擾，終至不得不離家棄國。

一九三九年，歐戰爆發，她無法去倫敦讀大學。一九四一年底，香港淪陷，港大停課，次年她只得返回上海。一九四四年八月，她與胡蘭成結婚。次年八月，日本投降，胡蘭成匿名逃亡，姊姊也飽受上海小報攻訐。一九四七年六月，她決定與胡蘭成離婚。但這個婚姻的陰影始終追隨著她。一九四九年解放，胡蘭成逃亡海外，姊姊在上海渡過戒愼恐懼的三年，終於結束十年賣文生涯，於一九五二年七月永別中國。

「女人一輩子講的是男人，唸的是男人，怨的是男人」。

姊姊寫〈詩與胡說〉是一九四四年六月底，**正是與胡蘭成的熱戀期**。「活在中國就有這樣可愛」、「我就捨不得離開中國」、「還沒有離開家已經想家了」，這些句子都反應了她當時的情感狀態。但是對照她後來的與胡蘭成離婚乃至離國，如今重讀這些字句，使我更爲姊姊感到哀痛。我記得她那時有一篇散文〈有女同車〉（一九四四年四月），寫她在電車上聽到兩個女人的對話內容。她在這篇散文的結尾寫著：

——電車上的女人使我悲愴。女人……女人一輩子講的是男人，念的是男人，怨的是男人，永遠永遠。——

姊姊的小說，寫得最多的就是男女的婚姻與愛情。她第一次的婚姻與愛情，結局是悲愴的，給她的打擊也是最大的，而她只有默然承受，無法書寫：「永遠永遠」！

改編《傾城之戀》舞台劇又得柯靈之助。

前章曾經述及，一九四四年六月後，我姊姊就告別中央書店與〈萬象〉，未再交文章給柯靈發表。但她對柯靈仍心存敬意與感激。她的第一齣舞台劇《傾城之戀》的上演，仍是去找柯靈幫忙看劇本，並得他之助，介紹演出的劇團。

早在一九四四年四月，姊姊就在〈走！走到樓上去！〉裡提到她編劇之事：

——我編了一齣戲，裡面有個人拖兒帶女去投親，和親戚鬧翻了……中國人從《娜拉》一劇中學會了「出走」。無疑地，這瀟灑蒼涼的手勢給予一般中國青年極深的印象。

過陰曆年之前就編起來了，拿去給柯靈先生看。結構太散漫了，末一幕完全不能用，眞是感激柯靈先生的指教，一次一次的改，現在我想是好得多了。

——人家總想著，寫小說的人，編出戲來必定是能讀不能演的，我應當怎樣克服這成見呢？——

柯靈在〈遙寄張愛玲〉裡則說：

——張愛玲把〈傾城之戀〉改編爲舞台劇本，又一次承她信賴，要我提意見，其間還有個反覆的修改過程。後來劇本在大中劇團上演，我也曾爲之居間奔走。

——

周劍雲見了她顯赫的文名與外表，態度不由得有些拘謹。

柯靈介紹我姊姊與大中劇團的主持人周劍雲見面聚餐，我姊姊穿著「一襲擬古式齊膝的夾襖，超級的寬身大袖，水紅綢子，用特別寬的黑緞鑲邊，右襟下有一朶舒卷的雲頭——也許是如意。長袍短套，罩在旗袍外面。」身爲當時明星影片公司三巨頭的周劍雲，見了「張愛玲顯赫的文名和外表」，也不由得態度「有些拘謹」。

《傾城之戀》由當時上海的四大導演之一朱端鈞導演，女主角流蘇由羅蘭飾演，男主角范柳原由舒適飾演；「都是名重一時的演員」。這齣戲在蘭心大戲院排演，一九四四年十二月至一九四五年一月在卡爾登戲院（後改名長江戲院，一九九四年焚毀）正式公演，轟動一時。

柯靈還說，我姊姊爲了感念他的協助，事後送他「一段寶藍色的綢袍料」，他「拿來做了皮袍面子，穿在身上很顯眼。」

柯靈被日本憲兵逮捕，曾得胡蘭成、張愛玲之助獲釋。

不過讓他最感動的是一九四五年六月，他「被日本滬南憲兵隊」逮捕。後來被釋放，回到家「看到張愛玲的留言，知道她在我受難時曾來存問，我立即用文言覆了她一個短箋。」

一九八三年柯靈看了胡蘭成的《今生今世》一書，其中有這樣一段：

——愛玲與外界少往來，惟一次有個朋友被日本憲兵隊逮捕，愛玲因〈傾城之戀〉改編舞台劇上演，曾得他奔走，由我陪同去慰問過他家裡，隨後我還與日本憲兵說了，要他們可釋放則釋放。——

柯靈這才恍然大悟。他認爲「抗日回戰爭是祖國生死存亡的關頭，而胡蘭成的言行，卻達到了顛倒恩仇、混淆是非的極致。」不過「對張愛玲的好心，我只有加倍的感激。」

柯靈寫〈遙寄張愛玲〉，就是在看了《今生今世》之後。當時他還看了唐文標的《張愛玲研究》、《張愛玲資料大全集》及胡蘭成的《山河歲月》。他感慨地寫道：

——我自己忝爲作家，如果也擁有一位讀者——哪怕只是一位——這樣對待我的作品，我也就心滿意足了。——

「獨樹一幟的《萬象》雜誌終刊」。

關於柯靈主編《萬象》的歷史定位及兩次被捕，上海《文匯報》一九九五年五月出版的《二十世紀上海大博覽》以「獨樹一幟的《萬象》雜誌終刊」作了詳實的記載：

——一九四五年六月，著名作家柯靈因主編《萬象》被捕，該雜誌被迫於六月號終刊。《萬象》創刊於一九四一年九月「孤島時期」的上海。一九四三年五月，柯靈主編後，開闢了「萬象閑話」、「文藝短訊」等新欄目；「閑話」欄重振了魯迅雜文之風，以雜文爲匕首與敵人進行鬥爭，表現形式則更隱晦曲折，編排技巧也更爲講究。爲防敵人迫害，寫愛國文章的許多進步作家都用化名，乍一看這些名字很陌生，實質上均是一些文壇名將，如鴻蒙（王統照）、浩波（許廣平）、白季仲（樓適夷）、迅雨（傅雷）、非骨（王元化）、朱梵（柯靈）、康了齋（師陀）、高岑（吳岩）、劉西渭（李健吾）、陳時和（徐調孚）、晦庵（唐弢）等。

同時，《萬象》打破門閥崇派觀念，團結一切可以團結的新老作家，一致對外。在「文藝短訊」、「竹報平安」等欄目中，用通訊報導方式直接向上海讀者敍述各地發生的重要事情，或用游記的方式反映淪陷區各地的慘情，激發讀者對侵略者的仇恨。

《萬象》還開闢了一個憶舊性的游記專輯名曰「屐痕處處」，以日人習用「屐」隱喻日軍的鐵啼。一九四四年夏，柯靈第一次被日本憲兵隊逮捕，因抓不到什麼把柄，一星期後只得釋放。發行人爲免是非，想就此結束《萬象》。但是在一批文學青年積極擁護和大力支持下，《萬象》又延續了一段時間。本月，柯靈再次被捕，《萬象》終告停刊。——

我姊姊並非「進步作家」，又因與「漢奸」胡蘭成交往及解放後遠走海外，當然不可能在上引的文字裡有一席之地。不過，她的作品曾與進步作家同列，可見柯靈對她的重視。她與《萬象》及柯靈被捕獲釋的情感淵源，還是有它特殊的歷史定位。

柯靈目前仍居上海，晚年致力於《上海一百年》長篇小說的創作。對於三〇年代至今的上海文學發展，他可說是最有力的見証者。

上海小報：「是亦一九四四年的文壇佳話」？

現在再回頭來說我姊姊。她與胡蘭成秘密結婚，只有炎櫻為媒証，但她與胡交往甚密，在當時上海文藝界並不是絕對的秘密；至少柯靈、秋翁、蘇青等人都略有所聞。他們看了胡蘭成的〈評張愛玲〉後也不免有所聯想。一九四四年十一月，胡蘭成在上海創辦《苦竹》月刊，我姊姊在第一期就發表了〈談音樂〉，第二期又發表《桂花蒸阿小悲秋》，並把〈自己的文章〉在這期重登一次。

胡蘭成未與第三任妻子英娣離婚前，家住南京，在上海大西路的美麗園新村也有個家，由他的姪女青芸照管。他在《今生今世》裡說：

——我常時一個月裡總回上海一次，住上八九天，晨出夜歸只看張愛玲。兩人伴在房裡，男的廢了耕，女的廢了織，連同道出去遊玩都不想，亦且沒有工夫。——

當時胡蘭成三十八歲，我姊姊二十三歲，兩人尚未結婚。

一九四四年八月結婚後，姊姊與胡蘭成偶而也到外面參加一些活動。胡在《今生今世》裡就提到有一次他們同坐三輪車到法租界參加一個時事座談會，會場約有二十人，「多是青年」。坐三輪車去會場的途中，胡蘭成有這樣的描寫：

——舊曆三月艷陽天氣，只見遍路柳絮舞空，紛紛揚揚如一天大雪……我在愛玲的髮上與膝上捉柳絮……——

凡此種種，都可見我姊姊當時並不避嫌。他們的交往爲人所知，也就不足爲奇了。

抗戰勝利後，上海小報對她的這段艷聞繪聲繪影，其中甚至有人這樣寫道：

——可是在胡先生筆下的張女士，不但不可怕，而且太可愛了。聞胡張有一次在××花園的精彩表演，是亦一九四四年的文壇佳話，惜知之者稀爾……——

龔之方暢談與張愛玲交往、合作的經過。

由於「抗戰勝利初期對她暄鬧一時的指責」，我姊姊一九四六年幾乎沒有發表作品。我因已去揚州工作，只有返上海時才去看她。那年要見她，已不若前兩年那麼困難了。

姊姊在外面參加座談會等公共場合，一向穿著華麗，甚至奇裝異服。但是在家裡，她穿得很簡便。她神色沉靜，說她仍然在寫作，還爲電影公司編寫電影劇本。對於外面小報的蜚言流語，她從來不提。

關於姊姊編寫電影劇本《不了情》、《太太萬歲》，以及在《大家》月刊發表《華麗緣》、《多少恨》，出版《傳奇》增訂本，在《亦報》連載《十八春》、《小艾》等，現年八十六歲的文化界前輩龔之方先生最爲了解。

藝華影業公司的老闆是個大鴉片商人。

龔之方先生出生於一九一〇年，現在住在蘇州通河坊。我姊姊去世後一個多月——一九九五年十月十六日下午—他在蘇州網師園的茶座與三個文化界朋友暢談他與張愛玲交往及約她編劇、爲她出書的經過。

龔之方在一九三〇年初就出任上海藝華影業公司的宣傳主任，當時才二十多歲。

——你們一定想不到，藝華的老闆是個鴉片商人！——。

他說，這個老闆叫嚴春堂，賣鴉片賺了很多錢。他有個朋友是大力士彭飛。三〇年代初，彭飛偶然認識了田漢。田就請彭回去轉告嚴春堂，「叫他拿點錢出來辦文化事業」。嚴春堂遂創辦了藝華影業公司。

夏衍、阿英等人負責提供上海電影界「進步劇本」。

一九三二年五月，中共在上海成立「電影小組」，由夏衍任組長；阿英（錢杏蓀）、王塵化、司徒慧敏、王凌鶴等都是組員。他們爲上海各電影公司提供「進步劇本」。

不久田漢、夏衍也加入藝華工作。他們雖不上班，但劇本的創作和審查都由他們負責。在他們的掌控之下，藝華拍了《民族生存》、《肉搏》、《逃亡》、《中國海的怒潮》等所謂的「左翼電影」，引起國民黨不滿。龔之方當時負責藝華的宣傳並主編

《藝華畫報》。

後來國民黨暗中派人炸掉藝華的攝影棚。嚴春堂受此「警告」後，決定改變路線，拍些《化身姑娘》一類的娛樂片。

——那時我和編導史東山就離開了藝華公司。——

之後他就到張善琨的新華影業公司當宣傳主任。張善琨那時還有一家戲院叫「共舞台」，在今延安路上，專門演京戲的連台本戲。龔之方負責電影與戲院的宣傳，也編《新華畫報》。

一九四五年抗戰勝利後，吳祖光，丁聰到上海來。龔之方興緻勃勃，籌了一些資金，創辦《清明》雜誌，由吳、丁擔任主編。

——但是出了四期就辦不下去了，錢不夠，只好停刊。——

與桑弧去請張愛玲寫電影劇本，起先她面露猶豫之色。

一九四六年七月，桑弧在石門一路旭東里家中請客，龔之方第一次見到了張愛玲。那時桑弧和吳性栽合辦了文華影業公司，很想請張愛玲編劇，特別去委請柯靈代爲介紹。那天的客人，除了張愛玲，還有柯靈、炎櫻、魏紹昌、唐大郎、胡梯維、（鴛鴦蝴蝶派作家）及他的夫人金素雯（京戲旦角）、管敏莉等人。

從《今生今世》的記述來推斷，一九四六年張愛玲對胡蘭成的感情已經絕望，心情沉鬱。桑弧請客那天，眾人談笑風生，張愛玲卻鬱鬱寡言。

——不過吃了這頓飯後，我們和張愛玲的交往合作維持了六年，直到一九五二年她離開上海。——

龔之方在文華電影公司仍負責宣傳工作。他記得和桑弧去請張愛玲寫電影劇本，起先她一直面露猶豫之色，說她沒寫過，很陌生。龔之方能言善道，一直力勸張愛玲開拓寫作領域。後來張愛玲終於站起來，很爽快的說道：

——好，我寫。——

第一個電影劇本《不了情》一砲打響，賣座極佳。

張愛玲雖沒寫過電影劇本，但她很聰明，參考了一些中外電影劇本後就著手編寫。過沒多久，劇本就寫好了。

——這就是文華影業公司的創業處女作《不了情》：編劇張愛玲，導演桑弧，男主角劉瓊，女主角陳燕燕，都是一時之選，上映之後，果然一砲打響，賣座極佳。——

因著《不了情》的轟動效應，桑弧想乘勝追擊，再請張愛玲寫個劇本。桑弧的構想是個喜劇，已經有了腹稿。張愛玲嚐到《不了情》轟動的甜頭，對桑弧的建議慨然應允。桑弧把電影構想告訴張愛玲後，她即一氣呵成，完成了劇本。

——這個劇本就是文華公司的第二部出品——《太太萬歲》。主要演員有蔣天流、石揮、張伐、上官雲珠、韓非等。導演還是桑弧。因爲劇本編得很流暢風趣，笑料豐富，上映的時候觀眾的笑聲不斷。可以這樣說，張愛玲的第二個電影劇本，也是成功的。——

他感嘆的說：「張愛玲對胡蘭成爲什麼這麼痴情？」

然後龔之方話鋒一轉，又提到了胡蘭成。

——張愛玲最後一次寄逃亡費用給胡蘭成，就是編這兩個電影劇本拿的編劇費。她對胡蘭成，眞是仁至義盡了。——

《今生今世》裡說，張愛玲寫訣別信及寄最後一筆錢給胡蘭成，是在一九四七年六月十日：

——愛玲寫道：「我已經不喜歡你了。你是早已不喜歡我了的。這次的決心，我是經過一年半的長時間考慮的，彼時惟以小吉故，不欲增加你的困難。你不要來尋我，即或寫信來，我亦是不看的了。」……信裡說的小吉，是小劫的隱語，這種地方尚見是患難夫妻之情。她是等我災星退了，才來與我訣絕。信裡**她還附了三十萬元給我**，是她新近寫的電影劇本，一部《不了情》，一部《太太萬歲》，已經上映了，才有這個錢。**我出亡至今將近兩年，都是她寄錢來**，現在最後一次她還如此。——

龔之方感嘆的說：

——眞是沒法想像，張愛玲對胡蘭成爲什麼這麼痴情？——

如果她是在狂風暴雨中寫了那封訣別信？

他記得**一九四七年六月九日上海遭狂風暴雨侵襲**，低窪地區都積水；南京路的明華百貨涼棚被吹走，交通中斷二十四小時；吳淞口外的漁船，也被吹翻了一百多隻，上海損失慘重。

——如果張愛玲那封訣別信是在六月九日狂風暴雨中寫的，那心情該有多淒慘？——

又開始發表小說，聽到好聽的故事也會哈哈大笑。

接著龔之方說，張愛玲那時除了寫電影劇本，也又開始發表小說，就是登在《大家》月刊的《華麗緣》和《多少恨》。

《大家》月刊是他和唐大郎（唐雲旌）創設的山河圖書公司出版，由唐大郎任主編。辦公室就在派克路（今黃河路）上後來張愛玲所住的卡爾登公寓（今長江公寓）後面。一九四七年四月創刊號，登了張愛玲的《華麗緣》；五、六月號登的〈多少恨〉，就是她根據電影《不了情》劇本改寫的中篇小說。

因爲先後有這些合作，龔之方那時和桑弧、唐大郎常去張愛玲家找她聊天、談事情。在他的印象裡，也許因爲張愛玲那時已訣別了胡蘭成，心情較爲開朗，對朋友的態度還算是熱情的。她喜歡與人聊天，如果人多，她也特別愛聽人家高談闊論，聽到好聽的故事，她也會哈哈大笑。唐大郎當時人稱「江南第一枝筆」，說話常口沒遮攔，戲謔起人來不留餘地，張愛玲倒不以爲意，似乎蠻欣賞他的機智。

到太湖吃船菜，「印象深刻，別緻得很」。

文華的老板吳性栽以代理德國顏料和百貨業起家，爲人豪爽好客，與他接近的人常有一些晏敍。不過他聽說張愛玲不愛交際應酬，很少邀晏她。有一次爲了慶祝《不了情》和《太太萬歲》拍片成功，吳性栽邀了桑弧、龔之方、唐大郎等人到無錫去，在太湖乘船遊湖，吃「船菜」（魚蝦在太湖撈起當場烹煮）。張愛玲是這兩部影片的編劇，理所當然邀她參加。難得她也參加了，和大家一起聊天吃菜，興緻不錯。後來她提起那次遊湖，直說「印象深刻，別緻得很」。

湖中偶遇，張愛玲與洪深化解前嫌。

那天遊湖還有一段巧遇。他們坐的船駛到湖心時，迎面也駛來一條船，船中傳出眾語喧嘩。吳性栽耳朵很尖，立即聽出其中一位是戲劇大家洪深的聲音。等兩船靠近，吳性栽就請船老大幫忙，讓洪深跳到他們坐的這隻船上來，大家一起吃船菜。

——吳性栽所以這麼做，是因為洪深幾天前寫了一篇批評張愛玲的文章，有些話寫得不太受聽。——

洪深跳過來後，吳性栽介紹張愛玲與他認識，兩人就談了一些文學藝術的問題，觀念越談越接近。吳性栽的當機立斷，使這次別致的遊湖慶功晏意外化解了張愛玲與洪深的前嫌。

報上曾報導張愛玲後來還為文華寫了第三個劇本《哀樂中年》，龔之方解釋說：

——這消息是不正確的。《哀樂中年》是文華中後期的出品，那時張愛玲在為《亦報》寫長篇連載《十八春》，沒有參與編劇工作。《哀樂中年》由桑弧親自編劇、導演，演員有石揮、朱家琛、韓非、李沅青等，張愛玲只提出了一些參考意見不過對於吳性栽與文華公司，龔之方相當推崇。吳性栽熱愛電影，但不好名，從大眾公司到文華公司，他從來不在投資製作的影片上掛名；多由曾與夏衍在日本留學的陸小洛以「陸奇」之名掛名。

吳性栽愛才，黃佐臨也加入文華旗下。

吳性栽不好名，卻很愛才。中國戲劇界的顯赫人物黃佐臨和他的夫人丹尼解散「苦幹劇團」後就受邀加入文華。他在文華導演的第一部影片《假鳳虛凰》，放映時還演出一段戲外戲，轟動一時。

黃佐臨出生於一九〇〇年，一九九四年病逝上海。他與夫人丹尼二〇—三〇年代曾兩度赴英，研習戲劇，並曾得到劇戲大師蕭伯納的指點。一九三七年抗戰爆發，回到重慶任教於國立藝術專科學校。一九三九年到上海，與夫人丹尼創設「苦幹劇團」。在「孤島時期」的上海，「苦幹」演的舞台劇，是張愛玲常看的戲劇表演。一九四七年劇團解散後，他應邀加入文華，負責藝術製作，也兼任導演。第一部影片《假鳳虛凰》之後，他導演過柯靈根據高爾基小說《底層》改編的影片《夜店》，以及編導了根據魯迅翻譯的俄國班台萊耶夫的小說拍的同名影片《表》。

他在文華公司還導演過由他夫人丹尼主演的《腐蝕》、《美國之窗》等。石揮、魯韌、葉明等演員，都是他一手培養成名的。一九四九年後他曾任上海人民藝術劇院副院長（時夏衍為院長）、院長及上海市電影局顧問，導演過《為了和平》、《魯迅生平》（記錄片）、《布穀鳥又叫了》、《三毛學生意》、《黃浦江的故事》、《陳毅市長》等影片。他的女兒黃蜀芹現在也是著名的導演，一九九四年拍過以女畫家潘玉良生平為骨幹的電影《畫魂》，也曾轟動一時。

《假鳳虛凰》連演連滿，張愛玲的姑姑那一陣閑得很。

龔之方說，黃佐臨的《假鳳虛凰》，是文華的第三部影片，緊接在張愛玲編劇的《太太萬歲》之後拍完，由石揮、李麗華分任男女主角。這部影片描寫一位漂亮的寡婦冒充有錢華僑的女兒徵婚，一位理髮師則冒充有錢的經理前往應徵。兩人相互欺騙交往，後來發生眞感情，才有所覺悟，說出眞相。為了增加喜劇效果，片中有些描寫理髮師的行為稍嫌浮佻，引起當時上海理髮業的反彈。一九四七年七月十日，這部影片在大光明戲院（張愛玲的姑姑張茂淵在這個戲院任翻譯工作）試映，但戲院被前來抗議的上海市「理髮業職工工會及同業公會會員八百餘人團團包圍，所有入口均被封鎖」。他們要求禁演或至少修改部分影片內容。大光明戲院最後只得掛出「談判未妥，暫停試映」的免戰牌。次日上海各報都以顯著的篇幅，報導了《假鳳虛凰》的試映風波。

當時負責文華宣傳工作的龔之方，回憶起這段往事還免不了興奮之情。

——這等於爲黃佐臨的第一部影片做了最佳的免費宣傳！——

經過龔之方的從中奔走，居間協調，這部影片十餘天後還是在大光明上演了。

——大約有二十多天的時間，連演連滿，欲罷不能，把大光明原來排定上演的影片都給擠掉了。張愛玲的姑姑當時對張愛玲說，那一陣她去上班閑得很，不用翻譯嘛。——

她抱著一袋東西來找我：「我要你幫我做一件事」。

《大家》月刊之後，龔之方與張愛玲的再次合作是出版《傳奇》增訂本。

——這次可不是我去求張愛玲，是她來求我了。——

龔之方說，更正確的說法應該是「她來命令我」。有一天他在山河圖書公司的辦公室裡，張愛玲突然來了，抱著一袋東西。

——她說：我要你幫我做一件事，——

這件事就是出版《傳奇》增訂本。

一九四四年出版的《傳奇》，收了七篇小說，大約二十多萬字，當時訂價僞幣三百元。一九四七年的增訂本，收了十六篇小說，約五十萬字，定價法幣三千元。

——她自己編排，請炎櫻設計封面，每一頁校樣都仔細校訂，甚至大加修改，態度非常認眞。版權頁印有「版權所有，翻印必究」八字，書印好之後，張愛玲帶了圖章來，每一本版權頁都蓋上她的圖章。一共印了三千本，蓋章要蓋很久，可是她一點也不馬虎。——

「她在這方面是很能幹的，我不敢掠美。」

龔之方自謙說，他對張愛玲之命「認眞對待」，但眞正做的只有一件事：和桑弧去拜訪當時馳名滬上的金石名家鄭粪翁（散木），請鄭爲張愛玲的集子書寫「張愛玲傳奇增訂本」八個字。鄭寫的是楷書，十分厚實奪目，配上炎櫻那既古典又現代的封面設計，可說相得益彰。

——《傳奇增訂本》完全是張愛玲一手策劃的，裡裡外外都是她負責張羅。她在這方面是很能幹的，我不敢掠美。——

關於《傳奇》增訂本的出版，龔之方揣測的原因有三。一、張愛玲寄給胡蘭成三十萬元後，手頭不裕；二、重振她在巔峰時期的文壇盛名；三、對小報的攻訐謾罵還以顏色。

——尤其是第三點，我認爲是最重要的。——

在增訂本的序裡爲「文化漢奸」作了自我辯白。

張愛玲在《傳奇》增訂本寫了一篇序言，大約只有四百多字，內容從頭到尾都在澄清有關文化漢奸的傳聞。顯見她與胡蘭成交往受到的指責，到了那時仍在她心裡積累著沉重的壓力。

——我自己從來沒想到需要辯白。但是一年來常常被議論到，似乎被列爲文化漢奸之一，自己也弄得莫名其妙。**我所寫的文章從未涉及政治**，也沒有拿過任何津貼。想想看我惟一的嫌疑要麼就是所謂「大東亞文學者大會」第三屆曾經叫我參加，報上登出的名單內有我；雖然我寫了辭函去（那封信我還記得，因爲很短，僅只是：「承聘第三屆大東亞文學者大會代表，謹辭。張愛玲謹上。）報上仍舊沒有把名字去掉。

至於還有**許多無稽的謾罵，甚而涉及我的私生活**，可以辯駁之點本來非常多。而且即使有這種事實，也還牽涉不到我是否有漢奸嫌疑的問題；何況私人的事本來用不著向大眾剖白。**除了對自己家的家長之外彷彿我沒有解釋的義務**。所以一直緘默著。同時我也實在不願意耗費時間與精神去打筆墨官司，徒然攪亂心思，耽誤了正當的工作。但一直這樣沉默著，始終沒有闡明我的地位，給社會上一個錯誤的印象，我也覺得對不起關心我的前途的人。所以在小說集重印的時候寫了這樣一段作爲序。反正只要讀者知道了就是了。——

斷然否認桑弧與張愛玲有男女之情。

另外襲之方提到，當時上海的小報紛紛猜測張愛玲和桑弧也有男女之情，對此他斷然否認：

——這眞是冤枉了桑弧！——

桑弧比張愛玲小一歲，性格內向拘謹。他原名李培林，原在銀行工作。後來認識了名導演朱石麟，開始學寫電影劇本獲得成功，乾脆辭掉工作，在吳性栽辦的大眾影業公司專任編劇；「桑弧編劇•朱石麟導演」的配檔影片，當時不下十部之多。後來他受朱石麟鼓勵，也在大眾公司做了導演。吳性栽創辦文華公司時，桑弧是創辦人之一。由於他非常賞識張愛玲，才想到找柯靈介紹認識，目的就是想請張愛玲編劇。

由於合作了兩部影片，桑弧難免常去找張愛玲談事情。他忠厚老實，找張愛玲只談公事。就算私心裡眞的仰慕，也不敢對她剖白。桑弧當時未婚，在旁人看來，他們不是很適配的一對嗎？朋友之間瞎起哄，小報也就以訛傳訛，讓人信以爲眞。

——連我都以爲這事可行，還代桑弧去提親呢。——

代提婚事，張愛玲的答覆是搖頭，再搖頭，三搖頭。

龔之方回憶說，有一次他去看張愛玲，與她聊了一些話就婉轉的說明來意。他當時並不知道張愛玲與胡蘭成有過婚約，就把朋友之間認爲他們男才女貌，是很理想的一對佳偶之類的話，作了一番生動的轉述，請張愛玲考慮這件婚事的可行性。當時張愛玲二十六歲，桑弧二十五歲。

——張愛玲對我這個提議的回答不是語言，而是搖頭、再搖頭、三搖頭，意思是不可能，叫我不要再說了。——

龔之方活生生碰了這個軟釘子，只好無趣的告辭。此後他也不敢向人說起這件尬尷的「提親」之事。不過這事並沒有影響他與張愛玲的友誼。解放之後，他創辦《亦報》，又和唐大郎去向張愛玲約稿。她以筆名「梁京」發表的《十八春》、《小艾》，都是在《亦報》發表的。

夏衍整頓上海小報，張愛玲化名寫長篇小說。

一九四九年五月二十七日，上海解放。三〇年代曾在上海暗中掌控戲劇隊伍的夏衍，也纏著八路軍的臂章重返上海。他先在軍管會出任文管會副主席，接管上海市的文化工作。那時上海的十多家小報都已在解放之前自動停刊了，有些小報的老闆和文人，也相繼離滬赴港。**上海一時之間變成了一個沒有小報的城市**。

六月間夏衍就去找龔之方，要他和唐大郎組織一個「能力較強、素質較好的小報班子」。

夏衍向龔之方說，「新中國」並不是不能容許上海小報的存在，但不能再像解放前的小報，專事捕風捉影，登些聳人聽聞，迎合讀者低級趣味的文章。

——要端正小報的風氣，提供讀者有益的、多樣化的趣味性內容。——。

一個月之後，《亦報》創刊。龔之方任社長，唐大郎任總編輯。當時還有一家小報創刊，叫《大報》，是夏衍命原來的《世界晨報》改組的，陳蝶衣、陳之華、姚蘇鳳等人，都加入《大報》工作。

爲何決定以筆名發表《十八春》？

這兩張小報，果然一掃過去上海小報的庸俗下流，面目一新。一些著名的作家，過去是絕不給小報寫稿的（張愛玲雖然愛看小報，也從來不在小報發表文章）。但改頭換面後的小報形象清新，許多著名的作家如豐子愷、周作人等人，都相繼在小報露面了。

——我和唐大郎又去向張愛玲約稿，請她寫一部長篇小說連載。她雖然答應了，不過堅持要用一個筆名。我們對她的作品有信心，也就只好答應了她。——

這是張愛玲第一次在報紙發表小說。龔之方推測說，張愛玲決定用筆名，大概有兩個原因。其一是，以前〈連環套〉邊寫邊登，水準不一，遭致批評，她怕重蹈覆轍。其二是，胡蘭成之事在她心裡仍有隱憂，她對「新中國」還採觀望態度，認爲暫避鋒頭較爲穩妥。

「我只好告訴夏衍，「梁京」就是張愛玲。」

張愛玲以「梁京」這個筆名在《亦報》連載《十八春》不久，就引起了夏衍的注意。上海「孤島時期」，夏衍遠在內地，沒有看過張愛玲的作品。抗戰勝利後，夏衍從重慶回到上海，聽說了張愛玲崛起上海文壇的盛況，就找了她的作品拜讀，留下了深刻的印象。

——《十八春》連載之後，有一天夏衍把我找去，問我「梁京」這個作者的背景。我只好告訴夏衍，「梁京」就是「張愛玲」。他聽了很高興，說這是個值得重視的人才。——

《十八春》全文共十八章，二十五萬字。一九五一年十一月由《亦報》出版單行本。這是張愛玲眞正完成的第一部長篇小說。故事的背景在上海和南京，時間則從解放之前十八年寫起，結尾時已是解放初期，背景也移到了瀋陽。幾位青年男女經過重重感情波折，最後都投身到「革命的熔爐」去尋找個人的理想。

一九五五年張愛玲赴美後，把《十八春》的下半部重加改寫，易名爲《半生緣》，一九六六年起在台灣的《皇冠》雜誌和香港的《星島晚報》連載；次年在台灣出版。她另一個在《亦報》連載的中篇〈小艾〉，後來則存其原名，未加更動。

參加過一次共產黨主辦的大會，不知她心裡想的是什麼。

一九五〇年七月二十四日，上海召開了第一屆文藝代表大會，至二十九日結束。夏衍擔任主席，副主席是梅蘭芳和馮雪峰；周信芳（麒麟童）則任執行副主席；陳白塵擔任祕書長。包括文學、美術、音樂、舞蹈、戲劇、電影、翻譯等各界人士，共有五百多人參加。

夏衍愛才，當然點名張愛玲也去參加。她接到通知，不像對「第三屆大東亞文學者大會」那樣去函「謹辭」，而是欣然與會。當時大家都穿著藍色或灰色的人民裝，張愛玲卻穿旗袍，外面還罩了有網眼的白絨線衫，雖然坐在後排，還是很顯眼。襲之方說：

——張愛玲當時坐在會場看眼前的光景，心裡想的是什麼，沒有人知道。不過她參加共產黨主辦的大會，總算有這麼一次了。——

至於有人傳說張愛玲會後曾與許多與會代表一起去蘇北參加土改，到海外後並據此經驗寫成《秧歌》一書，襲之方說：

——我不清楚這回事。我也沒聽張愛玲提起過。——

她「只是笑而不答，似乎正在考慮這個問題。」

這次大會之後，夏衍出任「上海文藝工作者聯合會」會長。八月二十日，他又出任新成立的「上海人民藝術劇院」首任院長。後來創立「上海電影劇本創作所」，他兼任所長，柯靈任副所長。龔之方說，他記得夏衍很想安排張愛玲去那裡擔任編劇，但有些人對張愛玲的背景仍持否定態度，他要稍待一些時候再伺機而行。

——這件事夏衍同柯靈說過，也同我談過。有一次我受夏衍的委託去看張愛玲，把這層意思轉告她。夏衍並要我婉轉問她日後有什麼打算，會不會出國？她沒有給我正面答覆，只是笑而不答，似乎正在考慮這個問題。——

龔之方把這段經過匯報給夏衍。後來夏衍認爲時機成熟，又找唐大郎去面告張愛玲，可惜她的姑姑說，已經走了。又說她們相約不通信，不知道她在香港的地址。

解放初期，中共對出境審查不像後來那麼嚴格。張愛玲是以向香港大學申請復學獲准的名義出國的。

夏衍當時不知道中國後來有那麼多的政治運動。

龔之方說，夏衍知道張愛玲出國的消息後直嘆可惜。但他接著說：

——夏衍當時不知道中國後來有那麼多的政治運動，才會直嘆可惜。其實張愛玲決定一九五二年出國是很機智的選擇，否則一九五七年反右那一關，她就可能受不了，更何況是後來的文化大革命？——

張愛玲出國之後不到半年，一九五三年一月一日，中共就對上海的新聞機構重作整頓：本來在上海出版的《大公報》遷到天津，和當地的《進步報》合併；《文匯報》、《新民報》、《新聞日報》的人事和編輯方針也重新調整和分工；英文《上海新聞》和《亦報》則遭到了停刊的命運。

——後來我就到北京，擔任《新觀察》雜誌的業務經理，再也沒聽說過張愛玲的消息了。——

對大陸來的人有戒心；但「對上海還是有感情的。」

八〇年代之後，龔之方從馮亦代那裡聽說張愛玲已到了美國。馮亦代有一次赴美訪問，輾轉打聽到張愛玲的下落，並請朋友居間聯繫，他想與她在洛杉磯見面。但行程緊湊，還沒等到張愛玲的回音就離開洛杉磯了。後來他的朋友接到了張愛玲的電話，說「**上海來的朋友，我願意同他見。**」馮亦代聽說這句話，只有直嘆遺憾。

還有一位朋友魏紹昌也有類似的遺憾。一九九三年魏紹昌到洛杉磯，巧遇張愛玲同幢樓的一個鄰居。她說張愛玲深居簡出，對大陸來的人尤其有戒心。她們偶而碰到，雖同是中國人也不打招呼；「不過你如果要給張愛玲寫信，我可以代你投入她的信箱，一定可以收到的。」

魏紹昌於是給張愛玲寫了一封信，留下朋友家的聯絡電話，請她先打電話約見面的時間。等了幾天，沒有消息，魏紹昌也結束了洛杉磯的旅程。

一個多月之後，魏紹昌的洛杉磯朋友接到一通自稱姓張的老太太打來電話，問「魏先生在嗎？」朋友答以「魏先生早就走了」，她答說「我剛看到信呀！」就把電話掛斷了。

襲之方感嘆的說，近幾年他聽說了很多有關張愛玲遺世獨居、不見訪客的傳聞。

——這樣比較起來，她對上海還是有感情的。——

抗戰勝利後自我沉潛，默默忍受感情的煎熬。

襲之方的這些憶往，不止內容珍貴，也顯示了他與桑弧、唐大郎等人作爲文化人的勇氣和睿見。如果沒有他們，姊姊也就可能沒有《不了情》、《太太萬歲》、《十八春》等作品了。

抗戰勝利後的一年間，我姊姊在上海文壇可說銷聲匿跡。以前常常向她約稿的刊物，有的關了門，有的怕沾惹文化漢奸的罪名，也不敢再向她約稿。她本來就不多話，關在家裡自我沉潛，於她而言並非難以忍受。不過與胡蘭成婚姻的不確定，可能是她那段時期最深沉的煎熬。

沒有發表作品，減少收入，這也是很現實的生活問題。難怪桑弧與襲之方去邀她寫電影劇本，她略作考慮就爽快答應了。

勝利後那幾年，我因調到中央銀行無錫分行工作，只有公出或假期才回到上海，和她見面的次數不多。一九四七年六月她寫信給胡蘭成訣別之後就與我姑姑搬離愛丁頓公寓，遷居梅龍鎮巷弄內的重華新村二樓十一號公寓。我還是因爲母親又回上海，從她那裡知道新址。那幢公寓外觀不如愛丁頓雄偉，室內也小得多。顯見姑姑與她的經濟狀況不如以往了。

在任何社會變化中，她對文學和電影始終最爲情深。

一九四八年底，我母親又出國，姑姑與姊姊從重華新村搬到派克路（今黃河路）的卡爾登公寓（今長江公寓）三〇一室，一人一個套間。她離開大陸之前的作品《十八春》、《小艾》，都是在那裡完成的。

解放前夕，我回到上海，就留在總行工作。那時我父母已搬到那只有十四平方米的小屋，我借住在黃河路一個同學家。那裡離姊姊住的地方很近，我們才又有機會不時見面。

當時政治局勢很亂，人心惶惶，我們常常談些街頭見聞，很少談政治。姊姊最愛談的還是文學和電影。

我記得她那時對趙樹理的小說《李有才板話》、《小二黑結婚》很欣賞，叫我有機會要找來看看。《小二黑結婚》還曾拍成電影，她也向我推薦。當時她推薦的電影還有《白毛女》、《新兒女英雄傳》。可見在任何社會變化中，我姊姊對文學和電影始終最爲情深。

解放之後不久，她就在《亦報》連載《十八春》。因爲是邊寫邊登，我怕打擾她寫作，就較少去看她。

問她對未來有什麼打算？她默然良久，不作回答。

一九五一年，我記得很清楚，大概是《十八春》連載結束後，有一次我去看她，問她對未來有什麼打算？我們雖然不談政治，但對政治大環境的改變不可能無知。尤其像她那麼聰明的人，經歷過香港淪陷，上海淪陷，抗戰勝利，對於各階段的變化，一定有她獨特的觀察和發現。她以前寫出「已經在破壞中，還有更大的破壞要來」這樣的句子，解放之後，種種的變化都更激劇，也許她已經預見「更大的破壞要來」了。我問她對未來有什麼打算，就是因爲我對整個客觀環境已經有所考量了。

但是姊姊默然良久，不作回答。

她的眼睛望著我，又望望白色的牆壁。她的眼光不是淡漠，而是深沉的。我覺得她似乎看向一個很遙遠的地方，那地方是神秘而且秘密的；她只能以默然良久作爲回答。

姑姑說：「你姊姊已經走了，」我走下樓，忍不住哭了起來。

一九五二年我調到浦東鄉下教書。那時大家都忙著政治學習，我也較少回上海市區，和她見面的機會就少了。

那年八月間，我好不容易回了一次市區，急急忙忙到卡爾登公寓找她。姑姑開了門，一見是我就說：「你姊姊已經走了」，然後把門關上。

我走下樓，忍不住哭了起來。街上來來往往都是穿人民裝的人。我記起有一次她說這衣服太呆板，她是絕不穿的。或許因爲這樣，她走了。走到一個她追尋的遠方，此生沒再回來。

第九章

故事

——〈金鎖記〉與〈花凋〉的眞實人物

「在西方近人有這句話：『一切好的文藝都是傳記性的。』當然實事不過是原料，我是對創作苛求，而對原料非常愛好，並不是『尊重事實』，是偏嗜它特有的一種韻味，其實也就是人生味。」

——張愛玲〈談看書〉（一九七三年五月）

◀張愛玲所繪的〈金鎖記〉女主角曹七巧。

◀張愛玲所繪的〈金鎖記〉男主角姜三爺季澤。

刘鸿生任总经理

▶李鴻章創辦的招商局，1932 年 11 月被國民黨收歸國有：他的孫子李國杰去職，改由劉鴻生任總經理。

▶張愛玲（中）與〈花凋〉裡的表姊、表妹、表弟：大表姊黃家宜(左一)、二表姊黃家珍(左二)、表妹黃家漪（右二、〈花凋〉女主角）、表弟黃德貽1928年攝於上海寶德照相館。（取材自皇冠出版公司《對照記》）

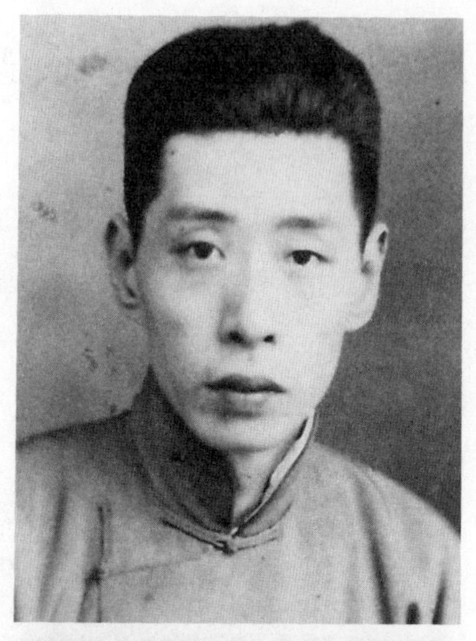

◀〈花凋〉的男主人——張愛玲的舅舅——黃定柱。(黃德貽提供)

◀〈花凋〉的女主人——張愛玲的舅媽——劉竹平。(黃德貽提供)

▶ 張愛玲的舅媽解放後與兩個兒子合影。左爲長子黃德貽，右爲幼子黃家沂。（黃德貽提供）

▶ 張愛玲的大表弟黃德貽，目前定居上海。（黃家瑞攝）

在女婿們的感情上是佔點地位的。
小姐結婚之後都跟了姑爺上內地去了，鄭夫
花了大小姐。嫁女兒，向來是第一個最難
個拉扯着一個，就容易了。大姑爺有個同學
來。乍回國的留
嘴饞眼花，最易
醫，名喚章雲
過得去。
章雲藩，起初覺
不够黑。她的理
條件是體育化的
也不够爽利的，
謙遜地吐出來，
裏吃洋棗，把核
銀匙裏，然後偷
的一邊，一個不小
裏直接滑到盤子
，就失儀了。措
了些，「好」是「好」，「壞」是「不怎麼

花尖，他的微微伸出的下嘴唇，有時候他微
鐮。也許爲來爲去不過是因爲他是她眼前的
性的男人。可是她沒有比較的機會，她始終沒
第二個人。

鄭先生與鄭夫人

最開頭是她去
舞，第二次是章雲
着是鄭夫人請客，
裏。各方面已經有
矣」的感覺。鄭夫
他們訂了婚，我要
院裏去照照愛克司
心我的肺不大結實
疼這筆檢查費，是
不至於這些年來心
影兒。還有我這肖
問他可有什麼現成
針。以後幾個小的
肚子，也用不着火
現放着個姊夫。」鄭先生笑道：「你要買藥廠

▶張愛玲發表〈花凋〉時所繪的男、女主人造型。

我姊姊的小說人物，不是心理有病就是身體有病。有的甚至心理、身體都病了。在現實生活中，這些人大多是滿淸遺老的後代，民國之後仍然坐享顯赫家世，高不成低不就，在家吃遺產、吸大煙、養姨太太，過著奢靡頹廢的生活。

有人因此批評我姊姊的小說對人生光明面沒有正面的肯定。我姊姊似乎並不在乎類似的批評。事實上我覺得我姊姊也別無選擇。我們從小就活在遺老、遺少的家庭陰影中，見到、聽到的，都是那些病態的人，病態的事。在我的感覺裡，這種陰影是我姊姊和我，以及我的表哥、表姊、表弟這一代人最沉重的壓力。因爲我們生活的上空一直籠罩著黑色的雲霧，讓人覺得苦悶，有時幾乎要窒息。

《傳奇》的各篇人物和故事大多「各有其本」

我姊姊的小說，是她宣泄這種苦悶的一種方式。通過這種宣泄，她赤裸裸揭露沒落豪門的封建生活，怎樣慘酷地扭曲人性、自相殘殺；對此她作了毫不留情的嚴厲批判。她的小說人物，可說俯拾即來，和現實人物的距離只有半步之遙。在她生活周邊的知情者，一看她的小說就知道她寫的是哪一家的哪一個人。

一九七一年我姊姊在舊金山接受水晶先生的訪問時，也曾毫不避諱的表示，**《傳奇》一書裡的各篇人物和故事，大多「各有其本」**。當時她只簡略提及《紅玫瑰和白玫瑰》為證。在這一章裡，我要印證「各有其本」的例子則是《金鎖記》和《花凋》。前者以我的太外祖父李鴻章次子一家的生活為背景，後者寫的則是我舅舅黃定柱的第三個女兒黃家漪的愛情悲劇。兩篇小說的三條重要主線，都纏繞著肺癆、鴉片、蓄妾。

我沒有姊姊的寫作才華。我們相差一些，一起成長。在發展個人才情的經驗上，她比我有定力，走得更快，更遠，更燦然奪目。我除了佩服和羨慕，也只有慚愧的份。**但在家庭和家族生活上，我們有不少共通經驗，彷彿曾經同用一雙眼睛，一對耳朵**。我決定寫出《金鎖記》和《花凋》的現實背景和人物，主要是想提供研究張愛玲小說者的參考。至於讀者對此是否好奇，那是次要的考慮。

《金鎖記》的故事、人物，脫胎於李鴻章次子李經述的家中。

夏志清教授在《中國現代小說史》中讚譽《**金鎖記**》**是「中國從古以來最偉大的中篇小說。」**一九四三年十一月，我姊姊在《雜誌》月刊發表這篇近四萬字的小說。當時她二十四歲，我二十三歲。我一看就知道，《金鎖記》的故事、人物，脫胎於李鴻章次子李經述的家中。因為在那之前很多年，我姊姊和我就已走進《金鎖記》

的現實生活中，和小說裡的「曹七巧」、「三爺」、「長安」、「長白」打過照面。

《金鎖記》的小說開頭，第一句是「三十年前的上海，一個有月亮的晚上……」第二段就出現「那兩年正忙著換朝代，姜公館避兵到上海來……」。「姜公館」指的就是李鴻章的次子李經述家；「換朝代」指的是一九一二年民國建立。那時，小說的女主角七巧嫁給姜家殘廢的二少爺已有五年，生了一兒長白，一女長安。小說的男主角姜三爺季澤才新婚一個月；妻子蘭仙是個賢惠、貞靜的女人。

十年後，殘廢的二爺骨癆病故，曹家老太太也辭世，兄弟分家。七巧帶了兒女搬出姜府，「和姜家各房很少來往。」但是「隔了幾個月，姜季澤忽然上門來了。」演出那幕叔嫂調情，想向二嫂詐財卻被識破的好戲，二人從此撕破了臉，老死不相往來。七巧一生唯一的愛情幻夢，也就此魂飛煙滅。

「大爺」眞名李國杰，一九三九年遭國民黨軍統特務暗殺。

一九一二年，姊姊和我尚未出生。姜家分家那年，姊姊兩歲，我一歲。所以，《金鎖記》前半部分最重要的情節，姊姊和我都還未進入那個陰暗、頹敗的歷史現場。**關於這部份的情節，我姊姊是從小說中姜府的大奶奶玳珍那裡聽來的；有一部**

份則是我姊姊追根究柢問出來的。

李鴻章家由祖上起就按著「文章經國，家道永昌」這八個字，為後代取名排輩。李鴻章是「章」字輩，其子「經」字輩，孫子「國字」輩。**《金鎖記》裡的「大爺」，眞名李國杰，做過招商局局長、董事長兼總經理，一九三九年遭國民黨軍統特務暗殺。他的妻子（大奶奶玳珍）出身清末御史楊崇伊的家中。**（楊崇伊之子楊圻則娶李鴻章長子李經方之女）當年名門婚嫁，都由父母安排作主；這位大奶奶像貌平平，難獲李國杰的寵愛。李國杰被殺後她就帶著獨子過著寡居的生活。晚年的時候，家境也不怎麼寬裕，沒事就常到幾個談得來的親戚家中串門子，說些家族的往事和變化，藉此散散心。我姊姊就是從她的閒談中，得知外人不知道的李鴻章大家庭中的秘密韻事。

曾虛白原來是《孽海花》作者曾孟樸的兒子。

姊姊晚年在《對照記》裡還提到這位大奶奶：

——我稱大媽媽的表伯母，我一直知道她是李鴻章的長孫媳，不過不清楚跟我們是怎麼個親戚。那時候我到她家去玩，總看見電話旁邊的一張常打的電話號碼表，第一格塡寫的人名是曾虛白，我只知道是個作家，是她娘家親戚。原來就是《孽海花》作者曾孟樸的兒子！——

文評家都認爲我姊姊塑造《金鎖記》的女主角七巧的性格非常成功。這固然和我姊姊的文學功力與寫作技巧有關，但七巧實有其人，大奶奶閒談的敍述完整，也是很重要的因素。

李國杰的三弟李國羆，天生殘廢（軟骨症），又其貌不揚，不易娶到門當戶對的官家女子。眼看找不到孫媳婦，這一房的香煙就要斷絕。不知是誰給出了一個主意：去找個鄉下姑娘，只要相貌還過得去，收了房能生下一兒半女傳續香火即可。**這就是曹七巧進入李侯府的由來。**

姊姊和我喊曹七巧「三媽媽」。

《金鎖記》裡寫二奶奶七巧、三奶奶蘭仙的兩個丫頭聊天，說老太太本來只想「替二爺買一房姨奶奶，做媒的給找了這曹家的，是七月裡生的，就叫七巧。」但「後來老太太想著，既然不打算替二爺另娶了，二房裡沒個當家的媳婦，也不是事，索性聘了來做正頭奶奶，好教她死心塌地的服侍二爺。」

其實，在李家這位二爺行三；小說裡的「三爺姜季澤」則行四。《金鎖記》的後半部分情節，多在寫七巧愛情幻滅後怎樣以金錢和鴉片控制她的兒子長安，女兒長白。**到了那時，姊姊和我才進入這篇小說第二階段的歷史現場，**和他們在現實生活打了照面。**甚至在小說後半部分不再出場的「三爺」，這個階段也和我們家有了較爲密切的往來；還會收我做乾兒子。**

曹七巧分家後，就搬到現在的威海路、茂名北路口的二層樓房裡；樓下租給一個學校，當時叫民智小學。樓上住的主人只有七巧和她的一子一女三個人；婢僕倒有七、八個。姊姊和我**喊這曹七巧「三媽媽」，喊長白「琳哥哥」，喊長安則是「康姊姊」**。

曹七巧做五十整壽，彷彿一個幽靈來到了人間。

有一年三媽媽「曹七巧」過五十整壽，大宴賓客。我父親中午起不來，由我代表去參加祝壽。男儐的筵席設在樓下，女賓則在樓上。

壽宴開始，琳表哥「長白」穿著長袍馬褂，招呼賓客入座。坐下不久，聽見一個丫鬟在喊「老太太下樓來了。」一眾人都站起來，向樓梯望去，只見兩個丫鬟扶著「曹七巧」款款地從樓上走了下來。她一下樓梯，就不斷用一口合肥鄉音含笑向眾賓客招呼和寒喧。我連忙走到她面前向她跪禮拜壽。她笑著彎下腰扶起我，也笑著問我父親好。

回到座位後，還有不少賓客趨前向她行禮寒喧，我退回座席，這才有機會仔細地打量她。那天「曹七巧」穿著一件深色的寬袖旗袍，很像是和尚穿的法袍或道士穿的道袍。相襯著這身衣服的則是她瘦削清癯的面容：臉上一片卡白，一點血色也沒有。我如今還記得，當時遠遠看去，彷彿看到一個幽靈來到了人間，一點也沒有做五十整壽的喜氣。

後來《金鎖記》發表，我姊姊對曹七巧第一次出場的描寫是這樣的：

「那曹七巧且不坐下，一隻手撐著門，一隻手撐住腰，窄窄的袖口裡垂下一條雪清洋縐手帕，下身上穿著銀紅衫子，葱白線鑲滾，雪青閃藍如意小腳袴子，瘦骨臉兒，朱口細牙，三角眼，小山眉……」──

那時曹七巧不過二十多歲。這段描寫，和我在她五十整壽那天見到的「曹七巧」，可說不但形似，而且神似。從這一點就可看出我姊姊寫實的功力。

七巧個性好強，伶牙利齒，說出的每一句話都像鋼片。

曹七巧因爲父母雙亡，來自皖北農村，沒讀什麼書，雖然嫁入豪門，丈夫卻有殘疾，她一直有很深的自卑感；滿腔怨怒，找到機會就要發洩。她個性好強，伶牙利齒，說出的每一句話都像鋼片，也不管傷人有多深。我姊姊寫七巧說的話，有幾段最能代表七巧的刻薄性格和怨怒心情。例如，寫七巧的大哥曹大年夫婦到上海來看她。在她房裡，她大聲小叫怨哥哥的不是，她嫂嫂急得直搖手，怕她「吵醒了姑爺。」七巧的回答是：

——他要有點人氣，倒又好了。——

她嫂嫂勸她別讓病人聽見了不好受，七巧答道：

——他心裡不好受，我就好受嗎？——

她嫂嫂問：「姑爺還是那軟骨症？」七巧又道：

——就這一件還不夠受了，還禁得起添什麼？這兒一家都忌諱癆病這兩個字，

其實還不就是骨痨！──

接下來她嫂子問「整天躺著，有時候也坐起來一會兒麼？」七巧卻「赫赫的笑了起來道」：

──坐起來，脊樑骨直溜下去，看上去還沒有我那三歲的孩子高呢！──

另一段寫長安和留洋歸來的醫生童世舫訂婚後，陶醉在愛情之中，「人變得沉默了，時時微笑著。七巧見了，不由得有氣。」後來她對大奶奶玳珍說，婚事不急，要再打聽打聽童世舫的爲人。長安也不避諱，「坐在一旁用指甲去掐手掌心，手掌心掐紅了，指甲卻掙得雪白。」七巧一抬眼望見了她，當著玳珍的面便罵道：

──死不要臉的丫頭，豎著耳朵聽呢！這話是你聽得的嗎？我們做姑娘的時候，一聲提起婆婆家，來不迭的躲開了。你姜家枉爲世代書香，只怕你還要到你開蔴油店的外婆家去學點規矩哩！──

曹七巧罵李家「一代壞似一代」。

過了幾個月，男方託三奶奶蘭仙來議定婚期，七巧以「這兩年錢不湊手」辦不齊整嫁妝爲由推辭。蘭仙勸她「照新派辦法，省著點也好。」又說：「難道安姊兒還會爭多論少不成？」

「一屋子的人全笑了，長安也不覺微微一笑。七巧破口罵道：

——不害躁！你是肚子裡有了擱不住的東西是怎麼著？火燒眉毛，等不及的要過門！嫁妝也不要了——你情願，人家倒許不情願呢！你就拿準了他是圖你的人？你好不自量。你有那一點叫人看得上眼？趁早別自騙自了！姓童的還不是看中了姜家的門第！——

緊接著的話尤爲赤裸淋漓；七巧不止罵女兒，也罵起祖宗來了：

——別瞧你們家轟轟烈烈，公侯將相的，其實全不是那麼回事！早就是外強中乾，這兩年連空架子也撐不起了。人呢！一代壞似一代，眼裡那兒還有天地君親？少爺們是什麼都不懂，小姐們就知道霸錢要男人——豬狗都不如！我娘家

> 當初千不該萬不該跟姜家結了親，坑了我一世，我待要告訴那姓童的趁早別像我似的上了當！

童世舫來見七巧那天，七巧就把長安也吸鴉片的事洩了底，好好一樁姻緣就此告吹。

我每次重看《金鎖記》，看到這幾段話，就更佩服我姊姊。她讓小說人物說話；透過七巧的口，狠毒地咒罵那些遺老家族的生活。從七巧刻薄的話裡，我們也看到一個終生無愛，只圖抓緊金錢的舊式婦女的悲哀。

現實生活中的「長安」康姊姊，我在幾次的親友聚會中見過她，確實如我姊姊在小說中寫的，不過是中等姿色：「她再年輕些也不過是一棵較嫩的雪裡紅——鹽醃過的。」她的下場眞是悲慘。

「長白」在家受七巧控制，在外倒生龍活虎。

至於「長白」琳表哥，他的號叫「李玉良」，長得馬臉猴腮，說話油腔滑調。有一個時期，他常到我家來和我父親一起吸大煙，兩人在煙榻上海闊天空胡聊一氣。我姊姊在《金鎖記》裡描寫他：

——他是個瘦小白晰的年輕人，背有點駝，戴著金絲眼鏡，有點工細的五官，時常茫然地微笑著，張著嘴，嘴裡閃閃發著光不知道是太多的唾沫水還是他的金牙。——

他受了七巧的挑唆吸上鴉片，把新婚的妻子芝壽活活地丟在一旁，讓她心情抑鬱，最後得了肺癆而死。她死後，「絹姑娘扶了正，做了芝壽的替身。扶了正不肯一年就吞了生鴉片自殺了。長白不敢再娶了，只在妓院裡走走。」

「李玉良」在家受七巧控制，在外面倒生龍活虎，結識了一批三教九流的朋友；包括王亞樵的「斧頭黨」。據他向我父親說，他還夥同「斧頭黨」人，幫了他伯父李國杰（小說裡的「大爺」）的一個大忙。

國民黨插手「大爺」李國杰的招商局業務。

原來李鴻章一九〇一年死後，清廷爲了表彰他的赤膽忠心，賜其次子李經述襲侯爵銜（李鴻章長子李經方係過繼，次子李經述係其嫡長子。）；四子經邁出任駐歐洲公使職。李經述並承繼李鴻章在招商局的職位，出任局長。李經述死後，由長子李國杰繼承職位。

招商局係李鴻章於一八七二年集資一五〇萬創辦（官股佔二十萬，商股佔一二〇萬），而以李家股份爲多。北洋政府時代，李國杰通過金錢賄賂當權者，保住他的職位。國民黨的勢力進入上海後，「國舅爺」宋子文爲了壟斷上海的交通運輸業，揷手招商局業務，派其部下趙鐵樵出任招商局副局長，並在一九三〇年九月十五日公佈整理招商局暫行條例。名義上是協助改進該局的經營管理，實質上是要逐漸**瓜分李國杰的權力**，直至完全架空，**讓招商局落入國民黨統治者手中**。

趙鐵樵想在招商局大顯身手，把李國杰擠下台。

趙鐵樵是留美的，學過專業的經營管理，當時不到四十歲，又有炙手可熱的宋子文做後台，確實想在招商局大顯身手，把李國杰擠下台。李也不是省油的燈，當然看出情勢對他不利，心中極爲妒恨與不安，時刻想著如何去掉這個眼中釘。他周圍一批依靠他這把大傘撈油水的人，自然也心有不甘，千方百計爲李出謀劃策。「李玉良」於是獻計去找王亞樵的「斧頭黨」把趙幹掉，以求一勞永逸。

王亞樵本是安徽幫內的人，早年曾在安徽都督柏文蔚手下當過差。後來他曾爲北伐效勞，但因非蔣介石的嫡系，不為蔣所重用。一九二七年蔣介石發動「四・一二」屠殺共產黨的所謂「清黨」運動，王不贊成蔣的作法，從而走上反蔣的道路。

在上海，王亞樵利用同鄉關係、結盟拜把兄弟的方式，組成了「斧頭黨」。開始的時候，也幹過一些劫富濟貧的勾當，贏得勞動人民的信任。後來王亞樵和他的弟兄還幹過幾件令人震驚的大事，大多和暗殺政治人物有關。其一是預備在上海火車站暗殺宋子文。但因火車站出口處行人混雜，宋的唐姓秘書穿的衣服和宋相同，慘遭誤殺，宋子文才倖免於難。第二件是蔣介石到廬山避暑期間，王和他的手下設計了一場暗殺行動。他們把手槍暗藏在火腿中，再用剩下的火腿肉掩蓋好，混過軍警崗亭的檢查。暗殺者躲在樹林叢中，準備在蔣坐轎經過時動手。但蔣的警衛佈置森嚴，斧頭黨人未能得逞。

孫鳳鳴暗殺蔣介石未果，就把汪精衛打成重傷。

王亞樵最後一次搞暗殺是一九三五年。當時國民黨舉行中央全會，他和斧頭黨人又設計暗殺蔣介石。他的手下孫鳳鳴冒充新聞記者混入會場，準備在中常委們齊集場外拍紀念照時槍擊蔣介石。但是蔣介石未出來參加，就把汪精衛打成重傷。孫鳳鳴也當場被捕。

在軍統的嚴刑酷逼下，孫鳳鳴只得全盤招供。蔣介石獲悉後，密令軍統頭子戴笠務必活捉王亞樵，或至少把王打死。戴笠於是策劃收買了一個斧頭黨的女叛徒，偵知王躲在廣西。戴預做佈置，讓那個女叛徒約王到她的住處商談事情。王不疑有詐，前往赴約，被埋伏的特務亂槍齊發，當場斃命。

「長白」與斧頭黨人暗殺宋系人馬趙鐵樵。

李國杰與李玉良經過一番密謀，一九三一年由李玉良約王亞樵在當時上海的一品香飯店包房內與李國杰見面。**李國杰向王亞樵表示：事成之後將付一筆重金答謝。**王則表示，他和他手下的弟兄們決不幹被金錢收買、爲私人報仇雪恨的事。李於是又向王哭訴趙鐵樵有一次曾借宋子文的勢力，幹掉他手下一個安徽幫的朋友；他向王亞樵強調說：

「這就是明顯地和我們安徽人過不去，你也應該出點力，爲死去的安徽朋友報仇！」

在利誘和同鄉之情的煽動下，王亞樵答應了這筆交易，不過增加了交易的籌碼。他向李說，事成之後，除了要給他手下一筆酬金，還要在招商局內挑選一艘質量較好的輪船，歸他派人營運管理。

李國杰雖然心疼代價太大，但還是答應了。他於是把趙鐵樵的照片交給王亞樵，並把王每天早上的上班時間、汽車式樣、車號和行車路線一一說明清楚。

不久之後，趙鐵樵眞的被暗殺了。王亞樵的手下做得手腳乾淨，未留痕跡。加以暗殺地點是在英租界，而國民黨當時忙於江西勦共，暗殺案空喊了一陣，到底沒有破案，也就不了了之。

招商局在一九三二年被國民黨收歸國有。

不過暗殺趙鐵樵，並沒有徹底解決李國杰在招商局的問題。一九三二年春天，招商局取消總辦名稱，名義上仍由李國杰擔任董事長兼總經理，但當時已被查出招商局的歷年積欠達一千七百萬元。李國杰為了彌補這個大洞，秘密與美商中國營業公司簽約，想要出售招商局上海碼頭棧房，以取得的巨額回扣來補洞。這件秘密交易後來曝光，李國杰被上海市政府扣押查辦。國民黨政府並於一九三二年十一月八日宣佈把招商局收歸國有，派後來有「火柴大王」之稱的劉鴻生出任總經理。**李家在民國後殘留的最大一塊地盤，就此喪失。**

弔詭的是，李國杰借王亞樵之手暗殺了趙鐵樵；王亞樵後來被戴笠手下所殺，而**李國杰自己，最後也命喪戴笠手下**。一九三七年，李國杰開始與日人勾結，積極的想在所謂「維新政府」謀一職位；一九三九年二月二十一日，他在上海被軍統特務刺殺身亡。

「長白」銷聲匿跡，他的下場如何似乎也無人關心。

招商局肥水多。李玉良在協助李國杰清除後患、暗殺趙鐵樵之事上有功，當然撈到一筆錢供他揮霍。他常來找我父親聊天、吸大煙，就是在那件事之後。但坐吃山空，李國杰後來自身難保，李玉良斷了油水，後來大概也沒什麼事可吹噓，漸漸就不常來我家了。

由於「七巧」碎嘴，在家族中人緣差，兩個孩子也都沒教育好，「李玉良」銷聲匿跡，我也沒有再聽父親提起他。他的下場如何，似乎也沒人關心。「七巧」的孩子不會有什麼好下場，這也許是大家早就預料到的。

「三爺」李國熊認我作乾兒子。

《金鎖記》的男主角「三爺姜季澤」本名叫李國熊，和我父親的交情不錯，並且認我作乾兒子，戲稱爲這是他的「乾殿下」。按照李家的起名排行，他叫我「李家常」。他來我家時，只要我在家，父親就會把我叫到他們跟前，對他們執以父輩之禮。

李國熊是一位十足的紈袴子弟，吃、喝、嫖、賭，無所不來，花錢如流水。我姊姊在《金鎖記》裡寫他第一次出場：

——那姜三爺姜季澤卻一路打著呵欠進來了。季澤是個結實小夥子，偏於胖的一方面，腦後拖一根三股油鬆大辮，生得天圓地方，鮮紅的腮頰，往下墜著一點，青溼眉毛，水汪汪的黑眼睛裡永遠透著三分不耐煩……

「三爺」第一次向七巧調情，是七巧向他說：

——總算你這一個月來沒出去胡鬧過。眞虧了新娘子留住了你。旁人跪下地來求你也留不住。——

季澤當著妻子蘭仙的面，卻笑著回答：

——是嗎？嫂子並沒有留過，怎麼見得留不住？——

李國熊上海住不下去，後來搬到北京去住。

十年後分家，「三爺在公賬上拖欠過鉅，他的一部份遺產被抵銷了之後，還淨欠六萬……」

分家後沒幾個月，「三爺」手頭拮据，去找七巧詐財，第二次對她調情：

——你知道我爲什麼跟家裡的那個不好？爲什麼我拼命的在外頭玩，把產業都敗光了？你知道這都是爲了誰？……自從你到我家來，我在家一刻也待不住，只想出去。你沒來的時候我並沒有那麼荒唐過，後來那都是爲了躲你。娶了蘭仙來，我更玩得兇了，爲了躲你之外又要躲她……——

但是他的調情沒有達到詐財的目的，因爲七巧太精明了。

在現實生活裡，李國熊平時花錢太隨便，子女又多（有四子二女），家用越來越拮据，後來上海住不下去，就搬到北京去住。

風流倜儻的「三爺」，如今戴著老花眼鏡，看起來慈祥和善。

《金鎖記》發表後，有一次李國熊由北京來上海，就住在我家。一天晚上，他叫我到煙榻旁陪他說話解悶。我聽到他身上發出「嘖嘖嘖」的蟲聲，覺得很奇怪，就問他那是什麼蟲？他從褲腰帶上解下兩個淡黃色的小葫蘆，上面雕琢著各種形狀的小洞，很是精緻。從洞口往裡望，一隻葫蘆裡養著「金鈴子」，另一隻裡面養的，他說叫「嘓嘓」，北京人無聊，時興養這些小寵物解悶。他告訴我這些小寵物怎麼弄來，怎麼飼養，餵牠們吃些什麼食物……滔滔不絕，如數家珍，儼然是個行家。可惜我對這些沒興趣，當時他說的餵養細節，如今也都不記得了。

不過我還記得他當時的樣子。年輕時風流倜儻的「三爺」，那時已經五十多歲，嘴上蓄著一圈花白的鬍鬚，頭髮也銀灰相雜了。他戴著老花眼鏡，看起來慈祥和善，我怎樣也想不到他年輕時會在家中叔嫂調情，還陰謀要奪他哥哥的產業。

「三爺訓子」有如一場荒謬劇。

李國熊住在我家時，還有一幕情景有如一場戲，叫我至今難忘。這場戲的演員只有兩個，就是李國熊和他的大兒子李家龍。我和父親呢，就是這場戲的觀眾。

李家龍當時在上海一家公司工作。知道他父親來上海，就趕來我家看他。李家龍在上海也很會揮霍，錢不夠用就四處向親戚朋友借。我看過他寫給我父親的信，每次至少要借二、三百元，卻從來不見還錢。李國熊雖遠在北京，自然有耳板神把他兒子的事跡一一舉報。父子兩人的荒唐行徑，相距不過是百步與五十步。

卻說那天李家龍來到我家，垂手站在他父親跟前，畢恭畢敬，不敢落座。李國熊也表現做父親的長者之風，問起兒子家中的近況；從兒媳婦一直問到孫子等等，兒子也一一如實回答。

接著就演出了「三爺訓子」的精彩好戲。只見李國熊擺起嚴肅的臉孔，開始教導李家龍在家應該怎麼樣盡責任，在外面對待親友、長輩和同事，應該怎樣誠信篤實……他的兒子神色莊重，諾諾連聲；「三爺」說起做人、做事的道理，也有板有眼，句句生動。

「三爺」這齣戲是演給我父親看的。

我父親那時的財產已所餘不多，卻仍過著揮霍無度的生活。我因身體不好，自聖約翰大學輟學後賦閒在家養病，倒沒有什麼不良花費。但我看得出來，「三爺」這齣戲，是演給我父親看的；表示他們的家教謹嚴，父慈子孝。父親坐在一旁看著這幕戲，不知感想如何？我看在眼裡只覺得荒謬好笑，卻又覺得這對父子心照不宣，演技眞好。他們把封建社會的虛僞表現得淋漓盡致，對所謂「家教」的諷刺，也是揭露得透澈無遺。《金鎖記》裡的三爺，始終過著遮遮掩掩的生活，現實裡的三爺，到了老年也還是過著遮遮掩掩的生活！但是人家看到的只是他的虛僞，有誰看見他的尊嚴呢？

《金鎖記》發表後，李鴻章的後代沒什麼反應。

我姊姊發表《金鎖記》後，當時李鴻章還有不少後代在上海。尤其是小說中主持分家事宜的**「九老太爺」**（李鴻章三子李經邁）一房，他的夫人、兒子、媳婦、孫輩，都在上海。但我沒聽到什麼反應或對我姊姊的指責。也許李府那些人也不太看書，根本不知道我姊姊發表了那篇小說，把他們醜陋的一面寫進了歷史，世世代代還要接受批判。

舅舅看了《花凋》很不高興。

不過《花凋》發表後的命運，就不若《金鎖記》平靜。一九四四年三月，我姊姊在《雜誌》月刊發表《花凋》。她從小就常往舅舅家跑。因為只有我這個笨弟弟，她常去找表姊、表妹玩也合乎常情。不過據說更多的時候**她都纏著我舅舅東問西問，務必把一些她好奇的舊人舊事問個水落石出**。舅舅很疼她，也總是耐著性子說給她聽。她寫作成名後，舅舅很高興，常找她發表的文章來看。

可是看了《花凋》，舅舅很不高興。**我的表妹黃家瑞回憶說**，她爸爸讀完《花凋》大發脾氣，對我舅媽說：「她問我什麼，我都告訴她，現在她反倒在文章裡罵起我來了！」

「因爲不承認民國，自從民國紀元起他就沒長過歲數。」

《花凋》的女主角「鄭川嫦」，是我舅舅的三女兒黃家漪：「十九歲畢業於宏濟女中，二十一歲死於肺病……」整篇小說的主線，是川嫦的悲劇愛情。

我姊姊在《花凋》中第一次寫到我舅舅是這樣的：

——鄭家一家都是出奇地相貌好。從她父親起。鄭先生長得像廣告畫上喝樂口福抽香煙的標準上海青年紳士，圓臉，眉目開展，嘴角向上兜兜著……——

這是整篇小說中，對我舅舅唯一的讚美。

接下來的情節，一段比一段赤裸，對我舅舅的批判也越來越不留情。

——鄭先生是個遺少，因爲不承認民國，自從民國紀元起他就沒長過歲數。雖然也知道醇酒婦人和鴉片，心還是孩子的心。他是酒精缸裡泡著的孩屍。——

「酒精缸裡泡著的孩屍」讓我舅舅暴跳如雷。

民國建立那年，我舅舅十六歲。我姊姊描寫他「因爲不承認民國，自從民國紀元起他就沒長過歲數。」對於當時的許多遺少來說，「不承認民國」不是什麼羞恥之事；「沒有長過歲數」，也還可以接受。但是「酒精缸裡泡著的孩屍」這一句，讓當時四十八歲的我舅舅暴跳如雷。

我姊姊在《花凋》中對我舅舅、舅母以及他們的家庭，還有不少描寫也讓舅舅很覺不堪。

——孩子多，負擔重，鄭先生常弄得一屁股的債，他夫人一肚子的心事。可是鄭先生究竟是個名士派的人，看得開，有錢的時候在外面生孩子，沒錢的時候在家裡生孩子。沒錢的時候居多，因此家裡的兒女生之不已。——

我舅舅和舅母共生了五女三男，依序是大表姊黃家宜，二表姊黃家珍，三表姊黃家漪，大表哥黃德貽，大表妹黃家瑞，小表妹黃家芝，小表弟黃家沂。在外面，舅舅也和別的女人生了兩個女兒。據說一九五一年舅舅還和家裡的女佣生了一個女兒。我姊姊一九五二年離開上海去香港之前，對於我舅舅在「做人」方面的成就，想必都很淸楚。不過寫《花凋》的那一年，舅舅和女傭生了一個女兒的事還沒有發生。

我姊姊和三表姊最要好；她們同年，興趣、性情也相近。

另外讓我舅舅一家難堪的字句，包括以下這些：

——鄭先生是連演四十年的一齣鬧劇，他夫人則是一齣冗長單調的悲劇。她恨他不負責任，她恨他要生那麼些孩子；她恨他不講衛生……

說不上來鄭家是窮還是闊。呼奴使婢的一大家子人，住了一幢洋房，床只有兩隻，小姐們每晚抱了鋪蓋到客室裡打地鋪……他們不斷地吃零食，全家坐了汽車看電影去，孩子蛀了牙齒沒錢補，在學校裡買不起鋼筆頭……幾位姑娘雖然是在錦繡叢中長大的，其實跟撿煤核的孩子一般潑辣有爲。

爲門第所限，鄭家的女兒不能當女店員、女打字員，做『女結婚員』是她們唯一的出路。

鄭夫人對於選女婿很感興趣。那是她死灰的生命中的一星微紅的炭火。雖然她為她的丈夫生了許多孩子，而且還在繼續生育，她缺乏羅曼蒂克的愛。同時她又是一個好婦人，既沒有這膽子，又沒有機會在他方面取得滿足。於是，她一樣地找男人，可是找了來做女婿。

川嫦是姊妹中最老實的一個，言語遲慢，又有點脾氣。她是最小的一個女兒，天生要被大的欺負，下面又有弟弟，佔去了爹娘的疼愛，因此她在家裡不免受委屈。——

其實，「川嫦」不是我舅舅最小的女兒；她排行第三，我們叫她「三表姊」。我姊姊和三表姊最要好。她們同年，興趣、愛好、性情也相近，兩人一談起小說就沒完沒了。她去舅舅家，大多為了找三表姊聊天。有時我也跟去，只是呆呆的坐在一旁聽著，沒有我說話的餘地。

舅舅家搬到明月新村，母親和姑姑搬到對面的開納公寓。

七七抗戰爆發之前一年，舅舅家不知為什麼搬到蕪湖；他在蕪湖做四十歲生日。一九三七年抗戰開始後，他們又搬回上海。一時找不到合意的房子，就暫住淮海中路的偉達飯店。

那時我母親已回到上海來了。她爲舅舅家找了位於開納路（今之武定西路）明月新村的房子；她和我姑姑則搬進明月新村對面的開納公寓租住。我母親那次回上海，主要的是設法讓我姊姊去英國讀大學。平時沒事幾乎每天回我舅舅家吃晚飯、聊天。

母親介紹大表姊嫁給蔣孟麟的大兒子蔣仁宇。

我母親最喜歡大表姊黃家宜；她不但長得漂亮，待人接物、應酬交際也很活絡。**我母親就把她介紹給《西潮》作者蔣夢麟的兒子蔣仁宇**。結婚之後，他們就到重慶去了。蔣仁宇是留德的，在重慶時曾任中央銀行國庫局三等專員；勝利後任中央銀行揚州分行經理。二表姊黃家珍，不久也有人介紹給寧波李家，和李祖白醫生結了婚。

一九三八年初，我姊姊從我父親家逃出來，我母親爲了我姊姊要考倫敦大學，**特爲她請了一個猶太裔的英國老師，專門替她補習數學，報酬是每小時五美元**。

我母親的心血沒有白費。倫敦大學入學考試，我姊姊的成績是遠東區第一名（考生有日本、香港、菲律賓、馬來西亞等）。但歐戰爆發，我姊姊未能到倫敦大學入學。

一九三九年，她持同樣的成績單去讀香港大學。三表姊在家中又少了一個可以說話的知心人，生活更苦悶，也更憂鬱了。我姊姊在《花凋》裡描寫她那時的心情：

——好容易熬到了這一天，姊姊們一個一個都出嫁了，川嫦這才突然的漂亮起來了。可是她不忙著找對象。她痴心想等爹有了錢，送她進大學，好好地玩兩年，從容地找個合適的人。等爹有錢……非得有很多的錢，多得滿了出來，才肯花在女兒的學費上——女兒的大學文憑原是狂妄的奢侈品。——

我舅舅和我父親一樣，是吃遺產過日子的遺少，和舅母也都吸大煙。中年之際，他感受到坐吃山空的危機，就在幾個女兒身上打主意，想把女兒都嫁給有錢有勢的女婿，晚年好有個靠山。大女兒、二女兒都活潑伶俐，善於交際，果然也都嫁得不錯。但這三女兒性格較沉靜，不善交際，較得不到父母的寵愛、姊妹的認同；對家庭的沒落她也深爲憂心和失望。她那個「等爹有了錢，送她進大學」的美夢尚未實現，肺癆菌已經潛進她的身體，開始啃噬她的美夢了。

在我們家「誰都不用想一個人享點淸福」。

那時三表姊也已經人介紹，認識了一位醫生。《花凋》裡這位醫生叫章雲藩，實際的名字叫唐歐洲，是上海很有名的一位醫生，報上常刊登他研製的止咳丸廣告。

《花凋》裡有一段寫三表姊和醫生交往期間，有一次醫生應邀到她家過中秋節，她父母爲了姨太太的兒子吵得一頓好好的晚飯也沒吃好，氣氛很尷尬。後來她對醫生說：「我別的沒有什麼理想，就希望有一天能夠開著無線電睡覺。」醫生笑說：「那彷彿很容易。」三表姊卻說：

——在我們家裡就辦不到。誰都不用想一個人享點清福。——

寫三表姊想自殺的過程最使我感到錐心之痛。

三表姊肺癆發作後，醫生「天天來看她，免費爲她打空氣針。」如此過了半年，有一天醫生還對她說：「我總是等著妳的。」但是「病了兩年，成了骨癆」，醫生另外交了一個護士女友。不過醫生還是關心著她的，有一次開了個藥方子，說他診所裡沒有，叫我舅舅「派人到各大藥房去買買試試。」當時我舅舅已經預料三表姊這病「過不了明年春天。」聽說我舅媽要派人去買藥，立即詫異著說：

——現在西藥是什麼價錢？……明兒她死了，我們還過日子不過？——

我舅媽呢？

——忖度著，若是自己拿錢給她買，那是證實了自己有私房錢存著。——

我姊姊寫我三表姊肺病末期想買安眠藥自殺的過程，最使我感到錐心之痛，邊看就邊流淚了。我於是想著：姊姊寫這一段的時候，也一定是流著淚，心裡難過極了。

——她叫李媽揹她下樓去，給她雇一部黃包車。她爬在李媽背上像一個冷而白的大白蜘蛛。她身邊帶著五十塊錢，打算買一瓶安眠藥，再到旅館開個房間住一宿。多時沒出來過，她沒想到生活程度漲到這樣。五十塊錢買不了安眠藥，況且她又沒有醫生的證書。她茫然坐著黃包車兜了個圈子，在西菜館吃了一頓飯，在電影院裡坐了兩個鐘頭。她要重新看看上海。——

發表《花凋》是一種哀悼的心情。

那是三表姊最後一次出門。她在路上走著：

——到處有人用駭異的眼光望著她，彷彿她是一個怪物。她所要的死是詩意的，動人的死，可是人們的眼睛裡沒有悲憫。——

三個星期後，我的三表姊死了。那是一九四二年。

兩年後，我姊姊發表《花凋》，是一種哀悼的心情。她哀悼三表姊這朵鮮花的凋謝，也哀悼她失去了一位知心的女伴。

我舅舅聽說姊姊交了個男友是漢奸……

三表姊死後，姊姊已從香港回到上海。但專心她的寫作事業，很少再到舅舅家。

我舅舅讀了《花凋》，本就很生我姊姊的氣。不久，他不知從哪兒聽說我姊姊交了一個男朋友，**「是個有婦之夫，而且是個漢奸」**（指胡蘭成），他更爲生氣了。

「小煐（我姊姊的小名）怎麼會做這樣的事情呢？」他說。

那時我舅舅的道德意識突然清醒了，對於夫婦倫常、民族情感、國家認同有了新的肯定。

他在煙榻上與我舅媽吸著大煙，還絮絮不休地批判著張愛玲。

但張愛玲已先在《花凋》裡批判了他。

姜季澤

曹七巧

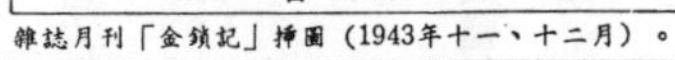

雜誌月刊「金鎖記」插圖（1943年十一、十二月）。

芝壽

姜長安

第十章 結局

——敗家與解放

「時代的車轟轟地往前開。我們坐在車上，經過的也許不過是幾條熟悉的街衢，可是在漫天的火光中也自驚心動魄。」

——張愛玲〈燼餘錄〉（一九四四年二月）

▲ 1948 年 8 月，國民黨發行大面額金圓券。百姓上街購物，需拎著大捆鈔票。

▲張子靜（右後二）在中央銀行無錫分行工作時與同事留影於蠡園。
(張子靜提供)

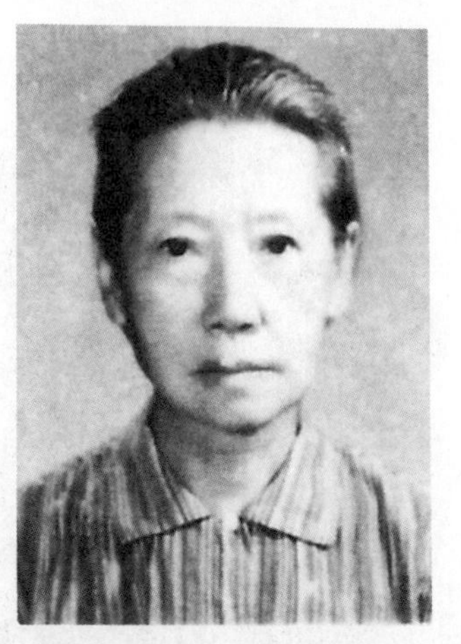

◀張愛玲、張子靜的後母孫用蕃，晚年雙目失明。(張子靜提供)

◀張子靜（左一）與舊樓主（左二）及鄰居所站之背後，即是他目前所住的14平方米小屋。(張子靜提供)

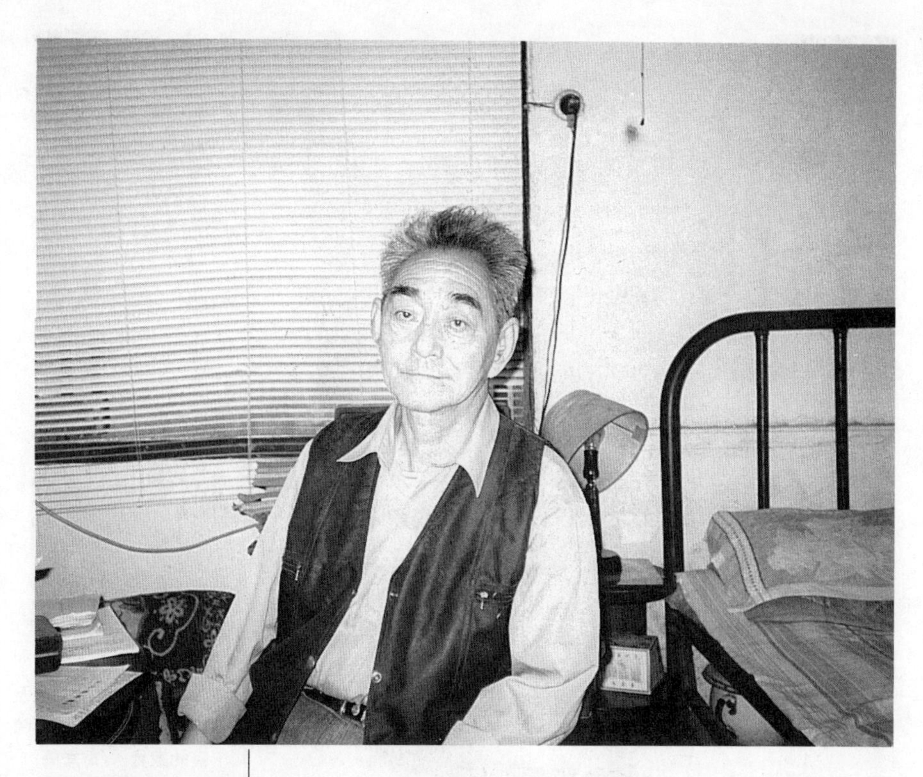

▲張子靜追憶往事，頗有白雲蒼狗之感。(季季攝)

▲▼張子靜屋內只有父親及後母留下的這些簡陋陳舊的家具。(季季攝)

我姊姊辭世後，海內外媒體又重提她的家世。提的當然都是過去的輝煌。就如她在《**對照記**》所說：「他們只靜靜地躺在我的血液裡，當我死的時候再死一次。」

但是沒有媒體知道，走過輝煌之後，我家的結局是如何的不堪。我姊姊並未寫過這個結局。一九五二年她離開上海赴香港之前，與我姑姑相約不通音訊，以保安全。那年以後陸續來到的結局，她在海外一無所知。一九八三年又和我姑姑通信後，或許多少知道一些，但決不可能知道全貌。以她當時的晚年心境，就是知道全貌，也不會再寫出來發表了。

這最後一章，我要寫的就是外人所不知道的、我家的結局。母親、姊姊先後遠走海外，在上海面對這個結局的，事實上只有我父親、我後母、以及我。

敗得好，死得早，沒受罪。

先說我父親吧！最近還有一位朋友幽默的對我說：「你父親命好。」

我問他此話怎講？

他說：「敗得好，死得早，沒受罪。」

後來我仔細想這句話，朋友的幽默確實很傳神。至於我父親是否也認爲自己命好，我就無從知道了。而且，所謂「命好」，是否就等同快樂和幸福，這一點我也是很懷疑的。

我父親一生只到外面做過兩次正式的工作，時間都不長。第一次是我們移居天津時期。那時我們的堂房伯父張志潭在北洋政府任交通部總長；他的弟弟張志邁也在北洋政府任要職。我父親通過他的引介，在津浦鐵路局掛個英文秘書的名義。那是個閒差，他在那裡掛個名，也不是爲了賺那點薪水，而是在外交際應酬有個頭銜比較有派頭。但是他生活過份放蕩，在外面的聲名越來越狼籍，終於引來那位堂房伯父的干預。一九二七年一月張志潭被免去交通部總長之職，我父親的那份閒差也就保不住了，只好於一九二八年春天搬回上海。

他的第二份工作是回上海之後；一九三四年在日本住友銀行上海分行做英文秘書。一九三七年上海發生「八・一三」抗日戰爭，他唯恐在日本銀行做事被人誤爲漢奸，主動辭去工作；前後大約三年。

其後的日子，我們家就開始了長期坐吃山空的歲月。

所有敗家的本事他無一不缺。

剛回上海那幾年，我們家的房子越住越大。後來就越住越小。終至於我父親和後母的晚年，只有一間租來的小房間足以容身。那個房間，就是我現在的這個蝸居。

我父親任性，不善理財，不事生產，又愛擺闊揮霍。所有敗家的本事，他無一不缺。縱有萬貫家財，最後也都會付諸東流的。

一九三七年他離開住友銀行後，曾與姓葉與姓周的兩個銀行同事合資，開了一家錢莊。具體的業務由葉先生負責，我父親則派了一位我後母的內姪陳先生代他出面。錢莊大多是搞投機，股票、證券、黃金、美鈔、銀元……什麼都做。還做短期抵押貸款，利息按日計算。如果用心經營，也是一個獲利不錯的事業。

整天在家，過的就是揮霍無度的生活。

錢莊剛開業那段時期，我父親「三分鐘熱情」，每周還去幾次，了解一些業務狀況，有時也做點交易。過沒多久，他就根本不去了，只偶而打打電話。這還不打緊，後來他竟成了常年的透支戶。說來誰會相信，我父親透支的錢並不是拿去外面做生意，而是拿回家貼補家用——他整天在家，過的就是揮霍無度的生活。

他在錢莊透支的窟窿越來越大，最後連當初的股本也透支光了，變成了空頭的股東。葉、周兩位先生眼看著這樣下去沒什麼希望，也就拆了夥，另謀出路。我父親為了維持生活門面，開始變賣安徽的田產和上海的房產渡日。那時政局波盪，幣制貶值，通貨膨脹，鴉片價格越來越高，變賣遺產的所得越來越少，但父親的生活享受始終如一。

父親和後母都抽鴉片，光是這項開銷就很可觀。吃和行的方面，我父親也極會享受。家裡的伙食，每天雞、鴨不斷；鹹鴨蛋只吃蛋黃不吃蛋白；炒雞蛋要用鮮嫩的香椿芽，夏天一定要吃海瓜子。有時還要買外國進口的火腿、罐頭蘆筍和罐頭肝腸等等。

在行的方面，我父親在一九四二年以前都坐小汽車進出。只要看到新款式的進口汽車，他就賣掉舊車換新車。一九四〇年，他最後買的一部汽車，車款是八千美元。

在酬酢方面，我父親也絕無吝色。除了日常的應酬往返，每日春節過後請喝春酒，場面也很可觀。差不多每隔兩天就請一批人，每次至少坐滿兩個大圓桌。吃飯、喝酒後，緊接著就是賭錢。通常要賭到第二天清晨才散，而且輸贏都很大。

另外，我後母的醫藥費也很驚人。有一個時期，幾乎每天都要請西醫來出診。

如此折騰了幾年，到了一九四二年，我們開始由大房子搬往小房子。起先是搬到福理履路（現在的建國西路）、汶林路口的一條里巷裡的小洋房。住了一年多，又搬到華山路一家三室一廳的公寓。房租並不便宜，家具設備也還齊全，但看得出我父親的經濟狀況已露窘態了。

雖是那樣，我父親和後母的鴉片還繼續抽著。抽到抗戰勝利，他們依然在阿芙蓉裡沉迷。

大頭，小頭；袁頭，孫頭。

一九四六年，我隨大表姊黃家宜與表姐夫蔣仁宇去中央銀行揚州分行工作。父親給我寫信，屢次提到家用很難維持，要我設法調回上海，共同負擔家計。我建議他和後母戒掉鴉片，才願負擔一部份家用。但建議無效。我那時收入有限，實無能力供他們吸食鴉片。

他們用錢無度，有時「拿到籃裡就是菜」。有一次我因公回上海出差，住在家裡。父親看我帶了不少差旅費，就說要替我暫時保管，免得遺失。我毫不懷疑，託付給他。等我要回揚州，向他提起這筆錢，他竟若無其事的說：「已經花掉了呀！」叫我自己另想辦法。我只得向朋友借錢，才能回到單位報銷。

一九四八年，我父親賣掉在上海的最後一處房屋，得手一筆美鈔和黃金。但因他任性和不聽人勸告，那最後一筆財富，不久之後就成一堆廢紙。

一九四八年八月，國民黨政府進行所謂「幣制改革」，發行大面額金圓券萬元、二・五萬元、五萬元、二十五萬元。一時物價飛漲，人心惶惶。**一擔米漲到四千四百萬元；一塊肥皂也由四十萬元漲到六十萬元；買一張火車票，售票員要花一分鐘才能點清鈔票**。有錢人爲了保值，紛紛購買黃金和美鈔；手邊錢較少的人則買銀圓。一九三五年國民黨政府發行法幣後銀元就被禁用，時隔十餘年，竟又有了身價。因此，老北門河南路一帶原來擺攤賣銀器的攤販，形成了十分興旺的銀元市場。那些銀元，多從內地鄉下蒐購而來。據說賣銀圓的販子一清早就拿著銀圓在河南路上邊敲邊喊：

「大頭，小頭」，「袁頭，孫頭」。

把美鈔和黃金全換成了金圓券。

在那樣的經濟波盪裡，好心的親友都勸我父親把到手的美鈔和黃金藏在手邊，要用的時候再一點一點的換。雖然當局在九月三十日宣稱，人民持有黃金、外幣兌換期限將屆（但可順延一個月），黑市還是交易暢旺，只要不是一次大筆交易，通常不會出問題。

但我父親就是不聽人家的勸，把那些美鈔、黃金全換成金圓券。一九四八年八月二十日，國民黨政府爲了防止通貨膨脹，曾通令「限價」，各業物價「均以八月十九日物價爲準」。但通令形同虛設，而且與孔、宋家族的利益相違。在孔、宋家族的壓力下，十一月一日「結束限價，物價開放」，到上海「打老虎」的蔣經國，也只得於十一月五日辭去「副經濟督導員」的職務，黯然離開上海。

我父親換得的那一大筆金圓券，在限價結束後就越變越薄，幾成廢紙。民生食品翻倍漲，煤炭、輪船、火車則漲四、五倍。其他各行各業，「百物狂漲」，可想而知。

到了那時，我父親後悔也來不及了。時代的狂潮巨浪，個人是擋不住的。要如何不被這狂潮巨浪擊倒，也需要智慧和理性的判斷。在這方面，我父親這個遺少是盲目而低能的。他一生任性而爲，**過了五十歲終於嘗到「千金散盡不復來」的苦味，**房子越搬越小了。

這間房是亭子間加蓋的，比我家以前的佣人房還不如。

一九四九年解放前夕，我父親與後母搬到我現在住的蘇州路這間只有十四平方米的房間，廚廁都需與同樓的十多戶人家共用；比我家以前的佣人房還不如。

這幢樓原是一對美國夫婦開的醫院。他們返國後爲著名的律師吳凱聲所有（吳凱聲曾在一九四三年七月二十二日與汪僞審計部長夏奇峰代表汪僞政府與法國政府代表簽署收回上海法租界細目條款）我父母親的這間房，鄰著院子，是亭子間加蓋的，又小又簡陋。當時我在無錫工作，放假回來看他們，晚上必須到同學家借住。

我不知父親到底繼承了多少遺產。但至少一九三五年左右他在虹口還有八幢洋房出租；家裡也還有一些田產和骨董。十餘年之間，這些財產都成烏有了！

不過貧窮有時能使人清醒，面對現實。搬進這小屋之後，我父親和後母終於痛下決心，戒掉了鴉片。他們剩下的唯一收入，就是青島一處房屋的房租。

辛亥革命後，滿清遺老與他們的家族紛紛逃出南京。我祖母帶著我二伯父、我父親及姑姑搬到青島。住了一段期間，南方較爲平靜了，他們才搬到上海。我祖母當年有遠見，把青島的房子登記在我二伯父與我父親的名下。後來的房租一直由他們均分；我父親也沒權利單獨處置那幢房子。如此他晚年落難才有一份固定收入，可以勉強渡日。往昔的奢華享受，至此都如夢影了。

二伯父「兩姪均好」傳承香火。

反觀我二伯父，他分得的遺產比我父親多，但絕不像我父親那樣浪費無渡。二伯父是祖母第一位夫人所生（大伯父早夭），與我父親相差十七歲。他雖未在外面工作，但一向穩重持家，儉樸過日。例如冬天我們去他家辭歲拜年，他們用的是早已過時的取暖器；只有亮光，並無熱氣。他們家也有電話和小轎車，但那輛Fiat是老爺車，常常拋錨，我二伯父還不捨得換一輛新車。

我父親在天津時娶過姨太太，不過未聽說在外面有孩子。二伯父在這方面倒略勝我父親一籌。他的姨太太原是他夫人身邊的丫頭，不知怎麼被他弄到外面，寄在一個師爺家。後來在外面租了房子，養了一個兒子。這件事親戚之間都略有所聞，只有他的夫人始終被矇在鼓裡。

中國人常說「禮多人不怪」，二伯父的秘密被拆穿，倒是「禮多人要怪」。原來有一次他和天津的堂房兄弟通信，對方覆信時在信末問候「兩姪均好」，這封信恰被他夫人看到了。他與夫人只育我的堂哥張子美，怎會「兩姪均好」呢？他夫人動怒追問，二伯父才不得不說出實情。這另外一個姪子，就是我的堂弟張子閑。

二伯父一九四二年因肺病在上海病故，享壽六十三歲。我的堂哥張子美是香港大學畢業，曾在交通銀行工作，已於一九九二年去世，他有三個兒子、一個女兒。我的堂弟張子閑是聖約翰大學畢業，曾在鐵路中學教書，已經退休。他有兩個兒子、一個女兒，也有孫子、孫女和外孫，晚景堪慰。我每年都要去他家幾次，聊聊舊事。

和我家比起來，二伯父家是比較傳統而平順的。我祖父這一脈的香火傳承，唯靠二伯父這一房的後代了。

我父親一九五三年就因肺病去世，在靜安公墓火化。幸虧他走得早，沒有碰到反右運動和文革，否則他決逃不掉批鬥的。如果他的財產沒有敗光而又多活幾年，遭到批鬥勢必吃足苦頭。走得早，倒反而是他的幸運了。

後母晚年雙眼失明，活到八十八歲。

其次說說我後母吧。她在娘家時，聽說是姊妹之中最精明幹練的。嫁到我家後，也確實想表現精明幹練，後來才弄得與我姊姊的關係惡化到不可收拾。她的精明幹練，主要表現在個性方面，至於居家過日子，她和我父親一樣不大會打算。

解放之後，她改變了不少。這當然也和經濟有關。我父親過世後，她到處奔波，找些工作賺點小錢維持自己的生活，但主要的收入還是青島房屋的房租。按照當時政府的贖買政策，我後母每年仍有大約八百元人民幣的收入，維持她自己的生活也足夠了。

我父親去世後，我後母特地把我的堂哥張子美找來，當著我的面讀我父親的遺囑。內容很簡單，主要就是說青島的房租，以後每年由我後母得七成，我得三成。她唸完之後問我有什麼意見？我告訴她沒什麼意見，因爲我自己有工作和收入，並不需要那些房租生活。

我後母小我父親三歲，並未生育子女。我父親過世後，我也必須對她盡人子之責。我收入微薄，不能奉養她，但至少不想動用父親留給她的錢。她聽了我的回答似乎很欣慰，就說：「這些錢存在我這裡，以後我走了還是會留給你的。」

一九六六年文革開始，贖買政策的期限已滿，房租的所謂利息收入遂告中斷。我後母有個弟弟解放前在上海搞投機失敗，欠下一屁股債遠走香港，後來去了東京。他欠的債，也包括向我父親和後母借的錢。後來他在東京做生意，情況還不錯。總算她這個弟弟還有點良心，文革後每隔一段時間會寄點錢來還她，對她的生活不無小補。七〇年代中，她眼疾醫治無效，雙目失明，還有餘錢僱一個小保姆，幫她買菜做飯洗衣服，直到她一九八六年去世，享壽八十八歲。

我如「孝順」後母，可能棲身無地

不過八〇年代中發生一件小插曲，我和後母差點鬧翻。她找了她的弟弟（我稱他三舅，名孫用濟，現已辭世）來和我談判，她則自始至終悶生不響。那時她已雙眼失明多年，三舅說爲了方便照顧她的生活起居，他們計劃與我後母同住，並說要換一個較大的房子，由他做戶主，問我是否同意？我當時即表示反對，聲明戶口必須分開立戶，我退休遷回市區才能搬進戶口。三舅聽完立即不悅地指責我不孝；不尊重母親的意見。

我告訴他，這件事與孝順無關，而是要尊重事實，解決實際問題。我一直住在學校裡，戶口也在鄉下，但不久就要退休，不可能在學校長住下去。

由於後母一直不開口，我和三舅談判的氣氛很尷尬，最後可說不歡而散。

不過後母聽了我的意見也明白必須尊重事實。她沒有遷出去，也沒再提過這個問題。不久我就開始把戶口遷入所屬的派出所，取得在市區的戶籍。後母去世那年，我也於年底正式退休，次年得以遷入這個小屋居住。如果當年我爲了表現「孝順」，依從三舅的提議，則我退休後無處棲身，可能成爲一個沒有戶口的浪人！

身體、經濟兩不佳，至今未婚。

最後說說我自己吧。解放前我從無錫到上海出差。一九四九年四月二十日在上海聽說無錫已經解放，就留在中央銀行總行人事處工作。上海解放後，人民銀行上海分行五月三十日成立，我仍留在人事處總務科工作。一九五〇年十二月被調到市郊分行任文書收發工作；過三個月又被調到大場辦事處任文書。當時我的思想還沒教育好，認爲工資太低而工作又比以前繁重，就自動辭職。

那時我父母已蝸住蘇州路的小屋，我沒地方住，只得在黃河路一個同學家借住。辭去工作後，靠著以前的一點積蓄生活。

一九五二年，我通過失業知識份子登記和考試，學習班結業後就被派到浦東近郊的小學做語文教師。先後在嚴家橋、施家宅、曹家宅、耀華路小學等校任教。一九六二年調到黃樓小學，一九七一年這個學校改制爲中學，我也改任英語教師。一九八二年退休後又留用四年；一九八六年底正式退休，回到市區的家中安渡餘年。我後母當年用的小保姆，結婚後仍住附近，我就繼續請她爲我買菜做飯洗衣服；如今她已三十多歲了。

我一生未婚，歸結原因是身體不好，經濟條件不允許。我從小常感冒、發燒、咳嗽、痢疾，爲此常常休學，十五歲才小學畢業。生身母親不在身邊，形成我內向的性格，不太愛說話。年輕時看到漂亮的同學或親戚也會心動，但從未把她們列爲結婚對象去追求，也沒談過戀愛。

父親和後母也許怕出錢，從不問我的婚事。

我父親和後母，也從未對我的終身大事表示關切；更沒有催促我成家。我二十多歲適婚年齡時，父親的經濟狀況已越來越差，他和後母從不問我成家之事，也許怕需拿出一筆錢來作籌備結婚的費用。以我父親愛擺排場的性格，這筆費用當然不少。避而不談，反而省事。我當時的想法是：等自己有了較好的工作和收入，積蓄一點錢再作打算。

沒想到這個想法一拖就是一輩子。

一九四六年我去中央銀行揚州分行工作後，待遇還不錯，本來可以積點錢。但在銀行工作，同事之間天天看著大堆的鈔票，漸漸也養成一些不良習氣，例如賭博。

賭博費神、費錢，沉迷其間，身體日差，我預備積蓄的錢，也都在賭局裡成了泡影。父親既不在意傳宗接代的責任，我也就逍遙在外，得過且過，終身大事就此延擱下來了。

解放初期，我戒除賭博惡習，待遇也還可以。但運動連連，不免憂心忡忡，每日想的都是如何少犯錯誤才能保住工作，根本不可能有成家的念頭。

同宿舍的老師被下放，對我的思想是一記警鐘。

一九五七年反右運動開始不久，我思想上就受到一次大震動，更加謹言慎行。當時我在曹家宅小學執教，也擔任一些工會的工作，常與校內領導開會，研究分析一些大字報的內容和寫大字報的動機與目的。某日區政府統一佈置開校長會議，校內領導班子只留下我與另一位工會成員，讓校內教工參加座談，「大鳴大放」。當時曾特別說明：座談的發言內容，不准做任何文字記錄。

就在那次會議上，有一個教師提出了這樣的問題：**校長爲何不可以民主選舉產生，而必須由上級任命？**

那天校長到外地出差，晚上返校後，這條意見已匯報到他那裡。他再層層上報，由上級領導核實批准。

不久之後，這名教師成爲曹家宅小學唯一的右派份子；停止教學，下放勞動去了。

這名教師與我住同一宿舍——男宿舍共有五人居住——平時也看不出他有什麼異常反動的思想。**他離開學校下放這件事，對我的思想是一記警鐘**：像我這樣出身於資產階級的知識份子，更須緊跟黨的領導，不打折扣地執行黨的政策方針。

生產必須「拔白旗」，學習則要「滿堂紅」。

反右鬥爭後，緊接著又是開展大躍進運動。上海浦東郊區又創新發明了所謂「拔白旗」運動：凡是不積極開展大躍進運動或說怪話阻撓的幹部都是「白旗」，要被拔出來接受批判。不能創高產量的田，也要被豎白旗加以檢討。學校的老師則要帶學生到田邊野地大搞「積肥」；課外生產勞動還要製造顆粒肥料、自製粉筆等。

在「拔白旗」的同時，對學生的要求則是「滿堂紅」；每門功課都需五分。這使我的思想受到很大的波動。搞積肥和課外生產勞動雖有指標，但全校統一上報，伸縮性較大。學生的成績則是硬指標；是不是「滿堂紅」由考卷來評定；你總不能把不及格的考卷也塡上「五分」！而且那時常常一聲令下學生就必須出去搞生產勞動，上課學習的時間不固定，考試要得「滿堂紅」，更是難上加難。

作爲領導班子的成員，我不能潑群衆運動的冷水，只好硬著頭皮上馬。但是不久我就產生了畏難情緒，藉口身體不好要到上海看病，請假回到市區。拖了一段時間，我被調回嚴家橋小學。三年自然災害期間，又在教育方面搞了一些形式上的改進，對一些出身成份不好、思想上跟不上形勢的教師進一步向遠郊調動，我又被調往黃樓小學。

都在這十四平方米的小屋離開人世。

到了那時，我對個人的處境和未來終於有了一番自我省思。既然我出身不好，工作再積極也不會受到重視，不如安份守己，熬到退休算了。

文革後期，改任黃樓中學英文教員，生活才算趨於穩定。但是當時農村的婚嫁又開始講求相互攀比，男方必須有較富裕的生活條件；像我這樣拿工資生活的教師，根本夠不上當地的條件。存的一點積蓄全拿出來，還不夠討一個愛人！

這樣一年又一年過去，年紀大了，退休了，也就更沒有成家的念頭。退休的工資收入，維持一個人的生活還過得去，要成家養兩個人，就很拮据了。幾十年的獨身生活已經過來了，自由自在未嘗不好；何必再去找麻煩呢？平日裡看看書，替同樓的孩子補補英文，偶而到昔日的同學或親戚家坐坐聊聊，生活也不會太枯寂。

有時躺在床上，想到我家以前住過的那些大房子，心裡也有白雲蒼狗之感。**我父親在人世的最後一口氣，是蝸居在這十四平方米的屋子裡結束的。我的後母—北洋大臣孫寶琦的女兒—也是在這裡走完她的一生。而我，繼續在這裡住著，未來的某日也要從這裡離開人世。**幾十年的歲月，一路行來，只見富貴繁華漸去漸遠，終至一無所有。我父親和後母，當年怎會想到，他們的晚境是如此地侷促而淒涼？

但是，想不到的事情終而發生了，終而結束了，也終而過去了。

這是他們的結局。

有一天，這也將是我的結局。

「等我死的時候再死一次」。

過去人們提起我們這一家，頭頂上的光環不是「李鴻章」就是「張佩綸」。名門後代，似乎好不輝煌！但是看看我們的結局，如果自己不努力，名門後代也枉然啊！

只有我姊姊，她毅力堅定，努力的活出一個傳奇、而且可能傳世的「張愛玲」。

我父親開始搬往小房子的時候，我姊姊已站在起跑線上。後來的幾年，我父親越來越落魄，我姊姊則名氣越來越大。一起一落，形成了強烈的對比。姊姊對父親的落魄從不關心，認爲他自食其果。父親對姊姊的成名也假裝漠不關心，但我知道，他的內心是以姊姊的成就爲傲的。

若干年後，也許人們忘了張佩綸或李鴻章是誰，提到他們的名字，必須強調是**「張愛玲的祖父」**或**「張愛玲的外曾祖父」**。果眞如此，似乎冥冥中符合了我姊姊的那句話：

——他們只靜靜地躺在我的血液裡，等我死的時候再死一次。——

後記：尋訪張子靜，再見張愛玲

季季

1

很多很多年前——一九六八年——我認識了張愛玲，在她的作品裡。那是一個華麗於外、悲涼於內的世界；很多的人進來，還有更多的人離去。

很多年後——一九八八年——因爲工作的機緣，我開始和她通信。那是一個牢固而安靜的世界；「確信沒有人進來，也沒有人離去」。

她住在有電話的房子裡，但電話常常備而不用；寫信是和她溝通的唯一方式。至於看不看信或覆不覆信，那是由她決定的，寫信的人並無選擇的權利。

我和她通信，本來只在一般編輯和作家往返的層次。內容無非問候、約稿、轉載、稿費處理等例行公事；是「業務信件」而非「友誼信件」。

一九八八年秋末，住在洛杉磯的女作家D小姐把她採訪張愛玲不得轉而採訪張愛玲的垃圾的「垃圾報導」寄給我主編的副刊（註）。張愛玲後來從莊信正教授處輾轉獲知我拒絕刊登那篇稿件的經過。那時聖誕節將近，她立刻寄來一張粉紅色的賀卡：對於「垃圾報導」一隻字不提，但是語重心長的寫了這幾個字：

感謝所有的一切。

這張賀卡，是「友誼信件」的開始。

一九九〇年，《中國時報》創報四十周年，第十三屆時報文學獎擴大舉行。我寫信給張愛玲，請她重訪台灣，擔任「時報文學獎」的決審委員。當時我聽說她的姑姑張茂淵長年臥病在床，所以在信中特別提到她來台北開完評審會議後，我將陪她去上海探望姑姑，一切費用由報社負擔。七月一日，她的回信很快就來了。

——從您信上知道時報今年的文學獎更比往常隆重有意義，我如果能參預評判，當然感到榮幸。但是莊信正先生推薦我，我覺得很意外，因爲我給他寫信總是不斷地抱怨來日苦短，時間不夠用，實在沒辦法，只好省在自己朋友身上了，所以全都久疏音問。我去過的地方太少，如果有功夫旅行，去過的就不再去了。——

這意思是不想重訪台灣，也不想回到上海。那一年張愛玲七十歲，她姑姑八十九歲。她和姑姑一九四二年至五二年相依爲命十年，感情十分深厚。姑姑臥病，她卻不想回上海看她，大概認爲看或不看都無損於姑姑的病體吧？

然後她心照不宣地又轉到「垃圾報導事件」。

——有時候片刻的肝膽相照也就是永久的印象，我珍視跟您這份神交的情誼，那張卡片未能表達於萬一，別方面只好希冀鑒諒。——

顯然她對「垃圾報導」事件及我對那篇稿件的處理經過仍是十分掛懷的。「肝胆相照」這四個字，使我驚動，不安，沉思良久。她不回去探望久病的姑姑，卻對從未謀面的我寫出**「肝膽相照」**這樣的字眼！同樣的張愛玲，同樣的一封信，爲何一則看似寡情，一則形似深情呢？

不過我後來想通了。在人生的諸多際遇裡，是可以同時存在着寡情和肝胆相照的。張愛玲一向的行事風格，尤其接近這種頗堪玩味的境界。

2

但是我從未想到有一天會認識張愛玲的弟弟，並且和他合作寫一本書。

一九九五年秋天，張愛玲以安靜之姿離開人世。不久我接到上海友人關鴻的來信，和我討論怎樣製作一個紀念張愛玲的專輯。

關鴻曾主編《文滙》月刊多年。一九八九年《文滙》因爲衆所周知的原因停刊後，他改任《文滙報》筆會版主編。我在《中國時報周刊》服務期間，工作上常得他相助，偶而才有機會略作回報。能夠對朋友有所回報是一種福份——何況是爲了張愛玲？

我立刻給關鴻打電話，和他討論紀念專輯的內容。我建議他應該有張愛玲弟弟的文章，叫他趕快去約稿。關鴻不相信的說：

「張愛玲還有弟弟在上海嗎?」

「有的,他的名字叫張子靜。」

過了三天,我再打電話給關鴻,他很興奮的說:

「我找到張子靜了,也請他寫了一篇悼念他姊姊的文章。」

關鴻是透過上海公安局戶口管理處找到張子靜的。他說,上海市有三個同姓同名的張子靜;其中一個已經去世,他認定一九二一年出生的張子靜就是張愛玲的弟弟,依址前往拜訪,果然沒找錯人。然後他說:

「張子靜有一份手稿是寫張愛玲的。」

「是什麼樣的內容呢?」

「從他們的家世、童年寫起;還有〈金鎖記〉和〈花凋〉的眞實人物,大概有一兩萬字吧?」

十月十四日傍晚,我抵達上海。轉機勞頓,十分疲累,第二天上午才去蘇州路拜訪張子靜。

張子靜神態安詳,舉止優雅。但是木訥寡言,不善表達。我帶了一套《張愛玲全集》和張愛玲去世後的新聞剪報送他。他撫摸着,翻閱着,臉上是一種沉靜的憂傷。有時他的嘴唇不停地嚅動着,似乎想說些什麼,最後卻什麼也沒說出口;只是哽咽的呑嚥着口水，呆滯的大眼睛蓄滿了淚水。尤其看到《對照記》裡祖父母、父母和姊姊的照片，他更難掩哀痛之情。

後來他才說，他家的藏書在父親敗家的過程中都丟光了；日記、照片則都在文革中蕩然無存。他手邊有幾本姊姊的書，是最近幾年大陸盜版的。他常常讀姊姊的書，從中追尋往事，緬懷他們童年與青年時代共渡的時光。

3

然而我們畢竟認識了，而且決定爲張愛玲合寫一本書。

我在上海停留近一周，幾乎每天都見到子靜先生。他待人謙虛有禮，說話坦誠優雅，對於我提出的問題，大多經過數秒鐘的思考，從未脫口而出或口不擇言。他的手稿目錄共十四章，却只有一萬五千字，我第一次拜訪他就帶回旅館拜讀，當時的感覺是骨架明晰，血肉則有欠豐腴。此後數天，我不斷的列出問題，他也不厭其煩地以文字詳細作覆。我回到台北之後，這個問答的工作仍透過傳眞繼續進行。

子靜先生的記憶，一經提問就豐富鮮活起來。他的文采雖不若張愛玲流麗，但回答問題時思慮清楚，條理分明，用字遣詞也十分練達。到了十一月六日，他一共增補了三萬五千字，使整個結構的血肉頓然鮮明可喜。

子靜先生與我的合作，基本上是在「尊重事實」的大原則下進行的。我先後擬了近一百個問題給他，有的問題他不清楚，他的答覆就是「不清楚」。張愛玲去世後，我曾聽一個住在紐約的朋友說，張愛玲幼時脾氣不好，曾用鋼筆劃傷佣人的臉。我問子靜先生此事的眞實性，他的答覆是：「在我的記憶中，她似乎沒有對佣人發過脾氣，用鋼筆劃傷佣人的臉。」又如海外一直傳說解放後張愛玲曾去蘇北參加土改，他的答覆是：「我確實不知道，她也從未向我提起這件事。」

4

如今我們的合作終於完成了。

二十多年來，有關張愛玲作品的評論或分析不知凡幾——那是學術的範疇。子靜先生和我合著的這本書，既不屬於學術的範疇，也不是寫給學術研究者的史料滙編。但是所有研究張愛玲的人都注意到這個事實：每年都有一批新的「張迷」產生；他們通過張愛玲的小說，成長爲嶄新的文學青年。這本書主要是獻給那一批又一批「新張迷」看的。他們將在這本**張愛玲前傳**裡看到她的文學典範；一代又一代，永遠生生不息。

（註）此事詳情請見一九九五年十二月號香港《九十年代》月刊〈我與張愛玲的垃圾〉一文。

附錄㈠
張愛玲語錄

宋淇

張愛玲的〈姑姑語錄〉讀來趣味盎然，一則可能她姑姑是極有個性的知識分子，談吐與眾不同，二則可能愛玲剪裁得巧，恰到好處。在五十年代初期，我們差不多每天有機會見到愛玲，尤其文美同她志趣相投，幾乎無話不談。愛玲雖不是約翰蓀博士，想不到文美卻像鮑思威爾，有時回到家裡還抽空將當天談話中猶有餘味的絮語匆匆錄下留念。

近日「張迷」越來越多，連愛玲自己不願流傳於世的舊作也給人挖掘了出來。自從拙作〈私語張愛玲〉一文刊出後，讀者紛紛來信表示希望多知道這位女作家的日常生活和思想為人。現在我取得愛玲同意，從文美的紀錄中選出一些片段輯成語錄與「張迷」共享。愛玲不能算第一流的談話家，她對好朋友說的話既不是啓人深思的名言簡語，也不是故作驚人的警句，但多少含有愛玲所特有的筆觸，令人低徊不已。

樓下公雞啼，我便睡。像陳白露。像鬼——鬼還舒服，白天不用做事。

案：陳白露是《日出》裡的交際花。她有一句出名的對白：「太陽不是我們的，我們要睡了。」

●

我們下一代，同我們比較起來，損失的比獲得的多。例如：他們不能欣賞《紅樓夢》。

●

「人性」是最有趣的書，一生一世看不完。

●

最可厭的人，如果你細加研究，結果總發現他不過是個可憐人。

● 不知聽多少胖人說過，她從前像我那年紀的時候比我還要瘦——似乎預言將來我一定比她們還要胖。

案：愛玲不食人間煙火，從前瘦，現在苗條，將來也沒有發胖的危險。

● 「才」、「貌」、「德」都差不多一樣短暫。像××，「娶妻娶德」，但妻子越來越嘮叨，煩得他走投無路。

● 書是最好的朋友。唯一的缺點是使我近視加深，但還是值得的。

● 有些書喜歡看，有些書不喜歡看——像奧·亨利的作品——正如食物味道恰巧不合胃口。

●喜歡看張恨水的書，因爲不高不低。高如《紅樓夢》、《海上花》，看了我不敢寫。低如「××」、「××」，看了起反感。也喜歡看《歇浦潮》這種小說。不過社會小說之間分別很大。

●不喜歡看王小逸的書，因爲沒有眞實感，雖然寫得相當流利。倒情願看「閒草野花」之類的小說。

●要做的事情總找得出時間和機會；不要做的事情總找得出藉口。

●回憶永遠是惆悵的。愉快的使人覺得：可惜已經完了，不愉快的想起來還是傷心。最可喜莫如「克服困難」，每次想起來都重新慶幸。

一個知己就好像一面鏡子，反映出我們天性中最優美的部份來。

●

一個人在戀愛時最能表現出天性中崇高的品質。這就是爲什麼愛情小說永遠受人歡迎——不論古今中外都一樣。

●

我有一陣子不同別人接觸，看見人就不知道說什麼好。如果出外做事，或者時常遇到陌生人，慢慢會好一點——可是又妨礙寫作。

●

有人說：不覺得時間過去，只看見小孩子長大才知道。我認爲有一個更好的辦法，就是每到月底拿薪水——知道一個月又過去了。但從來沒有過這種經驗。

●

案：現在愛玲可以靠每半年結版稅知道，只是相隔時間長一點。

●「秋色無南北，人心自淺深」，這是我祖父的詩。

●替別人做點事，又有點怨，活著才有意思，否則太空虛了。

●女明星、女演員見我面總劈頭就說：「我也喜歡寫作，可惜太忙。」言外之意，似乎要不是忙著許多別的事情——如演戲——她們也可以成爲作家。

●有人共享，快樂會加倍，憂愁會減半。

●搬家眞痲煩！可是一想起你說過：「以前我每次搬家總怨得不得了，但搬後總覺得：幸虧搬了！」我就得到一點安慰。

●

我故意不要家裡太舒齊，否則可能：

㈠立刻又得搬家；

㈡就此永遠住下去，

兩者皆非所願。

●

你們臥室的小露台像「廬山一角」，又像「壺中天地」。

●

從前上海的櫥窗比香港的值得看，也許白俄多，還有點情調。

案：近年來香港也有值得大看特看的櫥窗了。

●

教書很難——又要做戲，又要做人。

●

這幾天總寫不出，有如患了精神上的便秘。

●

寫了改，抄時還要重改，很不合算。

●

人生恨事：

㈠海棠無香；

㈡鰣魚多刺；

㈢曹雪芹紅樓夢殘缺不全；

㈣高鶚妄改——死有餘辜。

案：前三句用在〈紅樓夢未完〉一文中，重抄時差一點刪掉，後來我說：「如果你不用，我用。」愛玲就用了。

●

她的眼睛總使我想起「涎瞪瞪」這幾字。

●

很多女人因爲心裡不快樂，才浪費，是一種補償作用。例如丈夫對她冷淡，就亂花錢。

●

聽你說她穿什麼衣服，有如看照相簿。面孔已經熟悉，只要用想像拿衣服配上去就可以。

●

有些作家寫吃的只揀自己喜歡的。我故意寫自己不喜歡的，如麵(又快又經濟)、茶葉蛋、蹄膀。

●別人寫出來的東西像自己，還不要緊，只怕比自己壞，看了簡直當是自己「一時神智不清」寫的，那才糟呢！

●寫小說非要自己徹底瞭解全部情形不可（包括人物、背景的一切細節），否則寫出來像人造纖維，不像眞的。

●寫完一章就開心，恨不得立刻打電話告訴你們，但那時天還沒有亮，不便擾人清夢。可惜開心一會兒就過去了，只得逼著自己開始寫新的一章。

●我這人祇有一點同所有女人一樣，就是不喜歡買書。其餘的品質——如善妒、小器——並不僅限於女人，男人也犯的。在亂世中買書，丟了一批又一批，就像有些人一次又一次投機失敗，還是不肯罷手。等到要倉皇逃離，書祇能丟掉，或三錢不值兩錢的賣掉，有如女人的首飾，急於脫手時祇能削價賤賣；否則就為了那些書而生根，捨不得離去，像×××那樣困居國內。我從來沒有遇到過一個像某些男人那麼喜歡買書的女人，女人總覺得隨便買什麼都比買書好……結論是：一個女人如果肯默不出聲，不去干涉男人買書，可以說經得起愛情的考驗。

●

辦雜誌，好像照顧嗷嗷待哺的嬰孩，非得按時餵他吃，餵了又餵，永遠沒有完……我一聽見××的計劃就擔心這一點。

●

最討厭是自以為有學問的女人和自以為生得漂亮的男人。

●

本來我以爲這本書的出版，不會像當初第一次出書時那樣使我快樂得可以飛上天，可是現在照樣快樂。我眞開心有你們在身邊，否則告訴誰呢？

●

狂喜的人，我還能想像得出他們的心理；你們這種謙遜得過份的人，我簡直沒法瞭解！

●

我小時候沒有好衣服穿，後來有一陣拚命穿得鮮艷，以致博得「奇裝異服」的「美名」。穿過就算了，現在也不想了。

●

這首詩顯然模倣梁文星的作品，有如猴子穿著人的衣服，又像又不像。

●我喜歡的書，看時特別小心，外面另外用紙包著，以免汚損封面，不喜歡的就不包。這本小說我並不喜歡，不過封面實在好看，所以還是包了。

●這張臉好像寫得很好的第一章，使人想看下去。

●即使是家中珍藏的寶物，每過一陣也得拿出來，讓別人賞玩品評，然後自己才會重新發現它的價值。

——原載一九七六、十二．香港《明報月刊》一三二期

附錄(二)

張愛玲生平・作品年表

李應平

一九二〇年	・九月三十日生於上海市麥根路(今泰興路)。原籍河北豐潤。本名張煐。父張志沂(廷衆)、母黃素瓊(逸梵)。
一九二一年	・十二月十一日,唯一的弟弟張子靜出生。
一九二二年	・自上海遷居天津英租界。父任職津浦鐵路局英文秘書。
一九二四年	・開始私塾教育。 ・母親與姑姑張茂淵赴歐遊學。
一九二八年	・父去職。由天津搬回上海。母親與姑姑由英國返上海。 ・讀《紅樓夢》、《西遊記》、《七俠五義》等書。學鋼琴、英文、繪畫。
一九三〇年	・入黃氏小學插班讀六年級。改名張愛玲。 ・父與母離婚。姑姑與母親搬出寶隆花園洋房,租住法租界。

一九三一年	．入讀上海聖瑪利亞女校。隨白俄老師習鋼琴。
一九三二年	．首次發表短篇小說〈不幸的她〉於聖瑪利亞校刊。 ．母親再赴歐。
一九三三年	．在聖瑪利亞年刊發表第一篇散文〈遲暮〉。與父親學寫舊詩。
一九三四年	．父再婚，娶孫寶琦之女孫用蕃。遷回麥根路別墅。 ．寫〈理想中的理想村〉、〈摩登紅樓夢〉、〈後母的心〉，未發表。
一九三六年	．母偕美國男友返上海。 ．在《鳳藻》發表散文〈秋雨〉。
一九三七年	．在聖瑪利亞校刊《國光》半月刊發表小說〈牛〉、〈霸王別姬〉及評張若謹小說〈若馨評〉。 ．在《鳳藻》發表〈論卡通畫之前途〉。 ．中學畢業。與後母口角被父責打並拘禁半年。

一九三八年	·年初（陰曆年前）逃出麥根路她出生的家。與母親、姑姑住於開納路（今武定西路）開納公寓。 ·與猶太裔老師補習數學。參加倫敦大學遠東區入學考試，得第一名。在英文《大美晚報》發表被禁及出逃經過。係首次以英文發表作品。 ·與母親、姑姑遷居靜安寺路赫德路口愛丁頓公寓（今常德公寓）5樓51室。
一九三九年	·歐戰爆發。持倫敦大學成績單入讀香港大學文科。 ·**初識終生至友炎櫻。** ·〈我的天才夢〉參加《西風》雜誌三周年紀念徵文。
一九四〇年	·〈我的天才夢〉獲《西風》徵文第十三名（榮譽獎）。 ·獲兩項獎學金，港大畢業可免費赴英讀牛津大學。
一九四一年	·年底，珍珠港事變。香港淪陷。港大停課。 ·母親男友死於新加坡戰火。

一九四二年	・夏，與炎櫻坐船返上海。與姑姑遷居愛丁頓公寓6樓65室。 ・秋，與炎櫻插班入聖約翰大學文科四年級就讀。十一月因專事寫作輟學。在英文泰晤士報寫影評與劇評。在英文《二十世紀》月刊發表〈中國人的生活與服裝〉、〈中國人的宗教〉、〈洋人看京戲及其他〉和五、六篇影評。
一九四三年	・四月，**初識周瘦鵑**。 ・五月-六月，《紫羅蘭》月刊，小說〈沉香屑〉第一爐香、第二爐香。 ・七月，**初識柯靈**。 ・《雜誌》月刊，小說〈茉莉香片〉。

<table>
<tr><td>一九四三年</td><td>・八月，《雜誌》月刊，散文〈到底是上海人〉。
・《萬象》月刊，小說〈心經〉（上）
・九月，初識蘇青。
・《萬象》月刊，小說〈心經〉（下）。
・《雜誌》月刊小說〈傾城之戀〉（上）
・十月，《雜誌》月刊，小說〈傾城之戀〉（下）。
・十一月，《古今》半月刊，散文〈洋人看京戲及其他〉。
・《雜誌》月刊，小說〈金鎖記〉（上）。
・《天地》月刊，小說〈封鎖〉。
・《萬象》月刊，小說〈琉璃瓦〉。</td></tr>
</table>

一九四三年	・十二月，《古今》半月刊，散文〈更衣記〉。 ・《雜誌》月刊，小說〈金鎖記〉（下）。 ・《天地》月刊，散文〈公寓生活記趣〉。 ・**初識胡蘭成**（汪僞維新政府宣傳部政務次長）。
一九四四年	・一月，《萬象》月刊，長篇小說《連環套》。共登六期。七月自動腰斬。 ・二月，《天地》月刊，散文〈燼餘錄〉。 ・《雜誌》月刊，小說〈年青的時候〉。 ・三月，《雜誌》月刊，小說〈花凋〉。 ・《天地》月刊，散文〈談女人〉。 ・四月，《雜誌》月刊，散文〈論寫作〉。 ・《雜誌》月刊，小品三則——〈愛〉、〈有女同車〉、〈走！走到樓上去！〉。

一九四四年	・五月，《天地》月刊，散文〈童年無忌〉、〈造人〉。 ・《雜誌》月刊，小說〈紅玫瑰與白玫瑰〉(上)。 ・《萬象》月刊，迅雨(傅雷)〈論張愛玲的小說〉。 ・《雜誌》月刊，胡蘭成〈評張愛玲〉(上)。 ・六月，《雜誌》月刊，〈紅玫瑰與白玫瑰〉(中)。 ・《天地》月刊，散文〈打人〉。 ・《雜誌》月刊，胡蘭成〈評張愛玲〉(下)。 ・七月，《雜誌》月刊，〈紅玫瑰與白玫瑰〉(下)。 ・《雜誌》月刊，散文〈說胡蘿蔔〉。 ・《新東方》月刊，散文〈自己的文章〉(間接回應迅雨的批評)。 ・《天地》月刊，散文〈私語〉。

一九四四年

・八月，《雜誌》月刊，散文〈詩與胡說〉。
・《雜誌》月刊，散文〈寫什麼〉。
・《天地》月刊，散文〈中國人的宗教〉（上）。
・**與胡蘭成結婚，炎櫻媒證。**
・九月，《天地》月刊，散文〈中國人的宗教〉（中）。
・《雜誌》月刊，散文〈忘不了的畫〉。
・《小天地》月刊第一期，散文〈散戲〉、〈炎櫻語錄〉。
・**小說集《傳奇》由《雜誌》社出版。四天即再版，暢銷一時。**
・十月，《天地》月刊，散文〈中國人的宗教〉（下）。
・《風雨談》月刊，柳雨生〈說張愛玲〉。
・《飆》月刊，張子靜〈我的姊姊張愛玲〉。

一九四四年	・十一月，《雜誌》月刊，小說〈殷寶灩送花樓會──列女傳之一〉。 ・《天地》月刊，散文〈談跳舞〉。 ・《苦竹》月刊（胡蘭成創辦）第一期，散文〈談音樂〉。 ・《苦竹》月刊第一期，炎櫻散文〈死歌〉。 ・《風雨談》月刊，譚正壁〈蘇青與張愛玲〉。 ・十二月，《雜誌》月刊，小說〈等〉。 ・《苦竹》月刊，小說〈桂花蒸阿小悲秋〉。 ・《苦竹》月刊，散文〈自己的文章〉（重刊）。 ・《語林》月刊第一期，汪宏聲〈談張愛玲〉。 ・**胡蘭成赴湖北辦《大楚報》。** ・大中劇團在卡爾登戲院（長江戲院）上演舞台劇《傾城之戀》。
一九四五年	・一月，《傾城之戀》繼續上演。 ・**散文集《流言》由中國科學公司出版，亦暢銷一時。** ・二月，《雜誌》月刊，小說〈留情〉。 ・《天地》月刊，散文〈卷首玉照及其他〉。

一九四五年
・三月，《雜誌》月刊，小說〈創世紀〉（上）。 ・《天地》月刊，散文〈雙聲〉。 ・四月，《雜誌》月刊，小說〈創世紀〉（中）。 ・《雜誌》月刊，散文〈吉利〉。 ・《天地》月刊，散文〈我看蘇青〉。 ・五月，《雜誌》月刊，小說〈創世紀〉（下）。 散文〈姑姑語錄〉。 ・《天地》月刊，胡覽乘（胡蘭成筆名）〈張愛玲與左派〉。 ・八月，抗戰勝利。 ・**胡蘭成在江浙一帶匿名逃亡。**

一九四六年	·母再度返上海。 ·被上海小報攻訐為「文化漢奸」。 ·應桑弧之邀編寫電影劇本《不了情》、《太太萬歲》。 ·四月，《大家》月刊創刊號，小說〈華麗緣〉。 ·五—六月，《大家》月刊，小說《多少恨》（以《不了情》劇本改寫）。
一九四七年	·六月，**與胡蘭成離婚**。 ·與姑姑遷居梅龍鎮巷內重華新村2樓11號。 ·**十一月，《傳奇》增訂本由山河圖書公司出版。**
一九四八年	·母再赴歐。
一九四九年	·解放。 ·**胡蘭成出逃香港**，後轉赴日本定居。
一九五〇年	·一月，以筆名梁京在《亦報》連載長篇小說《十八春》。

一九五〇年	・七月，參加中共主辦首居「上海文藝工作者代表大會」。夏衍爲總主席；梅蘭芳、馮雪峰爲副主席；周信芳（麒麟董）爲執行副主席；陳白塵爲秘書長。會期七月二十四——二十九日。五百餘人與會。 ・**十一月，《十八春》**（十八章，二十五萬字）**由《亦報》社出版。**
一九五一年	・五月，仍以筆名梁京在《亦報》連載中篇小說《小艾》。 ・向香港大學申請復學獲准。
一九五二年	・七月，持港大證明出國，經廣州抵香港。 ・住於女青年會。並未再入港大復學。 ・爲香港「美國新聞處」翻譯《老人與海》、《愛默森選集》、《美國七大小說家》（部分）等書。

一九五三年	·**結識宋淇（林以亮）夫婦。** ·以英文撰寫長篇小說《秧歌》、《赤地之戀》。 ·**父在上海病逝。**
一九五四年	·《秧歌》、《赤地之戀》英文版出版。 ·《秧歌》、《赤地之戀》中文版在香港美新處出版的《今日世界》連載並出版。 ·《張愛玲短篇小說集》由香港天風出版社出版。 ·**寄《秧歌》中文版給胡適並開始通信。**
一九五五年	·十一月，搭「克利夫蘭總統號」郵輪赴美。租住在紐約救世軍辦的女子宿舍。 ·**與炎櫻重逢並同去拜訪胡適。**
一九五六年	·二月，獲新罕布夏州愛德華·麥克道威爾基金會資助，在基金會莊園專事寫作。 ·**結識劇作家賴雅**（六十五歲）。 ·八月，**與賴雅結婚。**以英文寫長篇小說《Pink Tears》。

一九五七年	・**母在英國病逝**。 ・獲加州杭廷頓哈特福基金會資助半年，在加州專事寫作。 ・小說《五四遺事》發表於台北《文學雜誌》。
一九五八年	・爲香港電懋電影公司編《情場如戰場》、《桃花運》、《人財兩得》等劇本。
一九六一年	・秋天，初訪台灣。爲長篇小說《小團圓》蒐集寫作材料。**欲訪張學良，未能如願**。結識台灣小說家**白先勇、王文興、陳若曦、王禎和**，並與王禎和赴花蓮旅遊。途中獲悉賴雅中風。 ・冬天，在港爲電懋電影公司編寫《紅樓夢》《南北一家親》劇本。
一九六二年	・在英文《記者》雜誌發表訪台記事〈重回前方〉。
一九六六年	・長篇小說《怨女》（Pink Tears中文版）在香港《星島日報》連載。 ・改寫長篇小說《十八春》爲《半生緣》。

一九六七年	・任紐約雷德克里芙女子學院駐校作家。 ・開始英譯《海上花列傳》。 ・《半生緣》在香港《星島晚報》、台北《皇冠》雜誌連載。 **賴雅去世**（七十六歲）。
一九六八年	・台北皇冠出版社出版《半生緣》《流言》、《秧歌》、《張愛玲短篇小說集》。 ・在《皇冠》雜誌發表〈紅樓夢未完〉。
一九六九年	・得陳世驤教授之識，任職加州柏克萊大學「中國研究中心」，蒐集研究中共宣傳語彙。繼續〈紅樓夢未完〉之研究。
一九七一年	・**接受水晶專訪**。陳世驤去世。自「中國研究中心」離職。
一九七二年	・移居洛杉磯。開始幽居生活。

一九七三年	・在《皇冠》發表〈初評紅樓夢〉。台北《幼獅文藝》月刊重刊〈連環套〉、〈卷首玉照及其他〉；《文季》季刊重刊《創世紀》。 ・水晶《張愛玲的小說藝術》由台北大地出版社出版。
一九七四年	・在中國時報「人間副刊」發表〈談看書〉與〈談看書後記〉。 ・**胡蘭成自日赴台講學。**
一九七五年	・在《皇冠》發表〈二詳紅樓夢〉。完成英譯《海上花列傳》。（未出版，後來並因搬家遺失譯稿。）
一九七六年	・台北皇冠出版社出版《張看》。發表《三詳紅樓夢》。 ・**胡蘭成離台返日；《今生今世》由台灣遠行出版社出版。**
一九七七年	・《紅樓夢魇》由皇冠出版社出版。
一九七八年	・《赤地之戀》（刪節本）由台灣慧龍出版社出版。
一九七九年	・在中國時報「人間副刊」發表小說〈色・戒〉。

一九八一年	・《海上花註譯》由皇冠出版社出版。 ・**胡蘭成七月二十九日於日本東京去世**（七十五歲）。
一九八三年	・唐文標編《張愛玲卷》由台北遠景出版公司出版；《惘然記》由皇冠出版社出版。
一九八四年	・上海《收穫》雜誌重刊〈金鎖記〉。 ・唐文標編《張愛玲資料大全集》由台北時報出版公司出版。（因著作權問題未能上市發行）。
一九八六年	・後母在上海病逝。
一九八七年	・《餘韻》由皇冠出版社出版。
一九八八年	・《續集》由皇冠出版社出版。 ・鄭樹森編《張愛玲的世界》由台北允晨文化公司出版。
一九九一年	・姑姑在上海病逝。

一九九三年	・完成《對照記》。 ・大陸作家于青《張愛玲傳》、胡辛《最後的貴族張愛玲》出版。
一九九四年	・皇冠出版公司出齊「張愛玲全集」十五冊： ・《秧歌》、《赤地之戀》、《流言》、《傾城之戀》、《第一爐香》、《半生緣》、《張看》、《紅樓夢魘》、《海上花開》、《海上花落》、《惘然記》、《續集》、《餘韻》、《對照記》、《愛默森選集》。
一九九五年	・九月八日中秋節被發現於洛杉磯租住公寓內自然死亡。**終年七十五歲**。生前指定林式同爲遺囑執行人。遺囑內容簡要爲：①儘速火化；②骨灰撒於空曠原野；③遺物「留給」宋淇、鄺文美夫婦處理。 ・九月十六日，「北京女子書店」舉辦張愛玲作品展售活動。 ・九月十九日，遺體在洛杉磯惠澤爾市玫瑰崗墓園火化。

	・九月三十日，七十六歲冥誕，骨灰由林式同、張錯、高張信生及高全之、張紹遷、許媛翔等人攜帶出海，撒於太平洋。(因加洲法律禁止骨灰撒於陸地。)
一九九六年	・元月，《我的姊姊張愛玲》出版(台北時報出版公司)。 《作別張愛玲》出版(上海文滙出版社)。 《永遠的張愛玲》出版(上海學林出版社)。 ・《張愛玲紀念文集》三月將由皇冠出版公司出版。

靜所
剛上市
張愛玲
對「
十

歷史與現場㉓

我的姊姊張愛玲

著　者——張子靜（資料提供）・季季（整理撰寫）
發行人——孫思照
出版者——時報文化出版企業（股）公司
台北市108和平西路三段二四〇號四樓
發行專線—（〇二）三〇六六八四二
讀者服務專線—（〇二）三〇二四〇九四
（如果您對本書品質與服務有任何不滿意的地方，請打這支電話。）
郵撥——〇一〇三八五四～〇時報出版公司
信箱——台北郵政七九～九九信箱

主編——季季
校對——李應平・季季
排版——正豐電腦排版有限公司
製版——高銘照相製版有限公司
印刷——科樂彩色印刷有限公司
裝訂——信昌裝訂有限公司
初版一刷——一九九六年一月十六日
定價——新台幣三二〇元

◎行政院新聞局局版台業字第〇二一四號

ISBN 957-13-1921-X
Printed in Taiwan

國立中央圖書館出版品預行編目資料

我的姊姊張愛玲 / 張子靜著. -- 初版. -- 臺北市 : 時報文化, 1996[民85]
面 ;　公分. -- (歷史與現場 ; 73)
ISBN 957-13-1921-X(平裝)

1. 張愛玲 - 傳記

782.886　　85000304

請沿虛線摺下裝訂，謝謝！

歷史洪流的重現
時代現場的側記

寄回本卡，掌握歷史與現場的最新訊息

請沿虛線撕下後對折裝訂寄回，謝謝！

（下列資料請以數字填在每題前之空格處）

______ **您從哪裏得知本書／**

1書店 2報紙廣告 3報紙專欄 4雜誌廣告
5親友介紹 6DM廣告傳單 7其它／______

______ **您希望我們爲您出版哪一類的歷史與現場作品／**

1歷史 2傳記 3回憶錄 4新聞事件 5國際大勢
6其它／______

您對本書的意見／

______內容／1滿意 2尚可 3應改進
______編輯／1滿意 2尚可 3應改進
______封面設計／1滿意 2尚可 3應改進
______校對／1滿意 2尚可 3應改進
______定價／1偏低 2適中 3偏高

您希望我們爲您出版哪一位作者的著作或回憶錄／

1______ 2______ 3______

您的建議／